愛に始まり、愛に終わる

瀬戸内寂聴108の言葉

瀬戸内寂聴

宝島社

2018年、雑誌のインタビューで（©前康輔）

右頁右上●1922年5月15日、四国・徳島市に生まれる。写真は1歳ぐらいの頃に撮影されたもの。寂聴さんを抱っこしているのは母・コハルさん。父・豊吉さんは神仏具商を営んでいた

右頁左上●20歳で撮影した見合い写真。女学校の先生の紹介で、9歳年上の男性と結婚し、北京に渡る

右頁下●26歳で年下の男性と恋に落ち、夫と一人娘を残して京都へ出奔。自活を始める。写真は29歳の頃

左頁●目白の書斎で。雑誌や新聞での執筆活動が活発になり、単行本も次々に刊行された。写真は48歳の頃

右頁●51歳のとき、岩手・平泉の中尊寺で得度。師僧である今東光さんの法名「春聴」から一字をもらい、「寂聴」の名を授かる。剃髪の際、付き添っていた姉・艶（つや）さんは声をあげて泣いた（©共同通信社）

左頁上●出家の直後、親交が深かった作家・遠藤周作さんと対談し「得度を決めてから何かが横にいてくれる感じがして、寂しさを感じることがなくなった」と語った（©朝日新聞社）

左頁下●俳優・萩原健一さんと。大麻事件で逮捕され居場所がなくなった萩原さんを寂庵に迎え入れたことをきっかけにつきあいが始まり、萩原さんは「おかあさん」と呼ぶほどまでに寂聴さんを慕っていた（©朝日新聞社）

寂庵の書斎で文机に向かって。「機械オンチ」を自称し、今でも原稿は手書きで執筆している

67歳の頃に撮影された写真（©Kodansha／アフロ）

愛に始まり、愛に終わる

瀬戸内寂聴108の言葉

生きたあかしとは――まえがきにかえて

人は愛するためにに生れてきたのです。

九十九歳、数えで百歳まで生きてきて、さすがに「死」を目の前にして、つくづく想うことは、この一事です。今夜死ぬかもしれない今になって、つくづく思うことは、長く生きてきて、それだけ、たくさんの人を愛し、愛されたという事実だけです。なかには、辛い愛も、くやしい愛もあった筈なのに、それらはすべてかすんで忘れてしまって、熱い甘い愛の想い出だけが瑞々しくよみがえってきます。

苦しかった愛も、辛かった想いも、大方忘れて、よみがえってくるのは、喜びを分ちあった熱い愛の想い出だけです。愛した相手は、すべて私より先に、あの世に往っています。その葬式に行けなかった人も、最後の見舞も出来なかった人もありながら、その人の死後も、私は平然と生き残り、人より長く生きつづけてきました。いっしょに死にたいと抱きあった人たちだったのに、何ということでしょう。今夜、死んでもし彼等に逢ったら、私はどんな顔をすればいいのでしょう。

私と別れた後の彼等の生活が好ましかったとは言えなかったことも、私は知っています。彼等と別れて、私はあつかましく生きつづけ百歳を迎えて、これを書いています。何と図々しいことでしょう。

人より多く恋を重ね、人を不幸にしたと想うのは、自分の想い上りだと今にして想い知ります。愛は打算で、恋の傷みもお互いさまです。

「恋愛とは不可抗力です。」

とこの本の中に私は書いています。百年も生きてきて、得た私の実感です。不可抗力のものを論じる無駄はないでしょう。

恋愛は論じるものでなく、するものです。身も心もかけて恋愛して、はじめて自分の生命の尊さとはかなさが身に沁むものなのです。

苦しい恋も、辛い恋も、すぎてしまえば、想い出の一つにすぎません。楽しかった恋の想い出も同様で、はかなさは同じです。けれども、そのはかなさの厚さ薄さがひとりずつちがうのです。

どんなに辛いと苦しんだ恋愛でも、全く恋愛を知らずにこの世を終る人たちより、幸せな一生だと、私は思います。

どうか恐れず恋愛をして下さい。今からでも遅いということはありません。あなたの生きた何よりのあかしの一つです。そのために、この本が少しでも、道しるべの役目になることを祈ります。

2021年5月吉日

瀬戸内寂聴

目次

ブックデザイン　鈴木成一デザイン室
本文DTP　一條麻耶子

第一章

愛について

001

恋愛とは不可抗力です。
「来い、来い」と念ずれば来るものでは
なく、気づいたらそこにあるもの。
だからこそ恋愛はおもしろく、
快感で、怖い。

小説『夏の終り』を原作とした映画の公開を前に、愛や幸福について語って。
——2013年9月

恋愛とは不可抗力です。「来い、来い」と念ずれば来るものではなく、気づいたらそこにあるもの。だからこそ恋愛はおもしろく、快感で、怖い。そしてそれらを全部含めて、恋愛には非常に強い力があり、抑えられるときもあれば、抑えられないときもあるのです。何十年も連れ添った夫が、ふいにかわいい子にコロッといく話はよく聞きますが、その可能性は女性も一緒です。

002

夜中にむっくり起き上がって
「あなたが好き」ってメールしても
いいんですよ（笑）。

世阿弥の生涯を描いた小説『秘花』についてのインタビューのなかで語って。
――２００７年６月

人は、一瞬一瞬を一生懸命に生きるしかないんです。「切に生きる」という言葉を私は使うんですが、今を切に生きることとね。そうしたら後悔することは何もないでしょう。だから、今日、ある人を好きになったら「あなたが好き」って言ったほうがいいと思いますね。だって、夕方には自分が死んでいるかもしれない。その人が明日死ぬかもしれない。そうなったら自分の思いは伝わらないじゃありませんか。夜中にむっくり起き上がって「あなたが好き」ってメールしてもいいんですよ（笑）。

003

窓から外を見ると雨が降ってきた。
「ああ雨が降ってきたよ、ほらほら」と
誰かに言いたい。
そういう人がいなくても、
その人の面影を心のなかで描いて、
「ほら、いい雨よ」なんて言いたい。

令和という時代を迎えるにあたって、愛と自由、平成を語って。
——2019年4月

生きることは、愛すること。愛することは、許すこと。100歳近くまで生きてきて、到達しました。

5月15日で97歳になりますが、誰も愛していないかといったら、そんなことはない。たとえば窓から外を見ると雨が降ってきた。「ああ雨が降ってきたよ、ほらほら」と誰かに言いたい。そういう人がいなくても、その人の面影を心のなかで描いて、「ほら、いい雨よ」なんて言いたい。

人間は誰かを愛するために生きている。愛していたら、すべてを許します。誰かを愛したら幸せになるんです。戦争は愛する人と別れること、愛する人が殺されること。平成に戦争がなくて、本当に幸せでした。

004

想像力こそが思いやりであり、
思いやりは愛である。
愛と苦しみは陸続きなのだ。

雑誌の寄稿文のなかで、66歳年下の秘書・瀬尾まなほさんについて書いて。
——2018年9月

お釈迦様は「この世は苦だ」と説かれた。私自身、かつて小説がなかなか認められず、認められるどころか非難され、4歳の娘を置いて家出して不倫に走ったこと、さらに不倫の相手とも破綻したことなどで世間の逆風をもろに浴びた。しかしすべての苦しみは、やがて私自身の心を鍛え練りあげ、他者の気持ちを考えられる想像力を育んだ。想像力こそが思いやりであり、思いやりは愛である。愛と苦しみは陸続きなのだ。

まなほの毎日は、96歳の私に書かせよう、食べさせよう、そして笑わせよう、と、彼女なりの想像力を駆使してとにかく一生懸命だ。私は、彼女の若い工夫やおせっかいが、有り難いときもあるし、そうでないときだって正直いって、ないわけではない。でも、血縁でもない彼女が丸ごとのまま、むきだしで向かってきてくれること、ありのままであることが私を安心させる。そこに確かな愛を感じるのだ。

005

キリストは「隣人を愛せ」と言いますが、
お釈迦様は「愛するな」と言います。

寂庵での法話で、「般若心経」の解説をするなかで「渇愛」について語って。
――1987年2月

キリストは「隣人を愛せ」と言いますが、お釈迦様は「愛するな」と言います。

我々が愛するということは本当に相手のことを思うのではなく自分の欲望なんです。「自分が惚れちゃったから向こうも私を思ってちょうだい」ということなのね。人間の愛は自分の欲望なんです。

これを仏教では「渇愛」といいます。心が渇いていて愛が欲しいという状態では、もっとちょうだい、もっとちょうだいと思うでしょう。渇愛は、愛のかたちはとっているけど、結局、自己愛なのです。だからそういう愛はやめなさいとお釈迦様は言われているのですね。

キリストは「汝の敵も愛せよ」と言っていますが、お釈迦様はそれを裏返して「無償の愛でないならば、そんなものは愛ではないから愛するな」と言っているわけです。

006

「あげっぱなしの愛」が慈悲なんですね。

寂庵での法話で、「般若心経」の解説をするなかで「慈悲」について語って。

――1987年2月

「渇愛」に対して、仏教はもう一つの愛を設定します。それは「慈悲」といいます。この慈悲というのはどういうものかというと、これは無償の愛、報酬を求めない愛、報いを求めない無償の愛。それが慈悲なんです。これは我々、凡夫には到底できないのね。我々は何かしてあげたらお返しが欲しい。「これだけやったのに返してくれない」というのが、我々の煩悩の一番大きな悩みです。

慈悲は「あげっぱなしの愛」。口では言うけれど、これはなかなかできないね。これは神様や仏様の愛なんですね。神様は何かをしてあげたから金をよこせとは言いませんね。「水子の供養をしてあげたから30万円よこせ」というのは神様じゃない。あれは商売。そういうお寺はいけないのよ。

ただ思ってあげる、祈ってあげる。「あげっぱなしの愛」が慈悲なんですね。

007

人間の愛、
特にセックスを伴う男女の愛は、
相手を思っているようでいても、
すべて結局は自分本位ですよ。
自己愛です。

比叡山延暦寺・小林隆彰大僧正との対談で、「恋人を
本当に愛しているならば、浮気も許すべき?」という
読者からの相談に答えて。
——2013年7月

男女の恋愛ではよく「あなたのためなら何もいらない」「あなたのためなら何でもできる」なんて言いますが、そんなことは絶対ない。人間の愛、特にセックスを伴う男女の愛は、相手を思っているようでいても、すべて結局は自分本位ですよ。自己愛です。

要するに、相手には自分の望むようにしてほしいということ。だから男と女の間では、本当の愛っていうのはないんですよ。

008

その人の生涯で、
別れの数が多かったということは、
出逢いの数も多かったと
いうことが出来る。

「愛と孤独」をテーマにした半自伝的エッセイに綴られた言葉。
――1973年3月

人間は、所詮ひとりだからこそ、他人とのコミュニケーションを欲するのであり、愛する相手をほしいと希うのであり、その愛を独占したいと思うのだろう。

出逢いには、必ず別れが約束されていることを忘れがちなのも、人間のいじらしさかもしれない。別れの覚悟を定めて、出逢いの愉しさに酔うことの出来る人がいたら、それはもう人間ではない。

未来の別れには目をつぶって、人は出逢いの神秘を喜び、出逢いの甘さに酔えばいいのだと私は思う。どんな別れが前途に待っていようと、出逢うことをさけて通るのは淋しすぎる。その人の生涯で、別れの数が多かったということは、出逢いの数も多かったということが出来る。

009

人間は淋しいから、
燃えた後には美しいけれど、
すぐ冷たくなる脆い灰が残るから、
人間はよりそいあい、
あたためあおうとする。

「愛と孤独」をテーマにした半自伝的エッセイに綴られた言葉。
——1973年3月

孤独に徹した後にも生じるやさしさこそ、人間だけに持つことの許された覚めたやさしさである。

それは情熱だけに流される肉感性から生まれる、あのむせかえるようなおしつけがましい利己的なやさしさではなく、相手の孤独を汲みとるゆとりのある、やさしさである。

陽にあたためられた砂地のように、それは他者の淋しさを、際限なく吸いつくす。

人間は淋しいから、燃えた後には美しいけれど、すぐ冷たくなる脆い灰が残るから、人間はよりそいあい、あたためあおうとする。

010

人間の心に、縄はかけられないんですよ。

寂庵での法話で、不倫について語って。
——1995年7月

家庭のある人に恋愛をして、とてもつらい思いをしてる人もいると思う。それも家庭があると知っていて、そうなったんでしょう。それは仕方がないわよね。それがつらかったら別れて、家庭のない人と新しく付き合って。どうしてもその人が好きなら、死ぬまで「日陰の人」でもいいじゃないですか。その代わり、相手の家に無言電話をかけたり、クリスマスや正月に自分のところにいないからって、わざと電話かけたりしないほうがいいよね。それは覚悟して、他の男とその間は遊んでいればいいんですよ。自分がダメなことを承知でしているんだから、それは仕方ない。

じゃあなぜ、そういうことが起こるのか。人間の心に、縄はかけられないんですよ。人間の心なんて勝手に動くんですから。一つの運命ですしね。「前世では夫婦だったのかな、来世ではなれるかな」くらいに思っていればいいですよ。なれないと思うけどね。

011

古い靴を捨てる時は、
新しい靴を買って用意しておいて。
裸足では歩きなさんなって。

「生活力のない男に貢ぎ続け、疲れ果てたので別れたい」という読者からの相談に答えて。

――2006年11月

古い靴を捨てる時は、新しい靴を買って用意しておいて。裸足(はだし)では歩きなさんなって。間に合わせの靴でもいい、あとからゆっくりと足に合うのを探せばいいんですから、裸足よりいいの。やっぱり、男なしでいるとね、女ってぎすぎすします。どうしても意地が悪くなる。愚痴でもなんでも話を聞いてくれる相手がいないと、器量も根性も悪くなるんです。

012

男と女の間には
永遠に渡りきれない川が流れていて、
その川を無理に飛び越えて
一緒になろうとするから、
川にポチャンと落ちて沈んでしまう。

雑誌のインタビューのなかで、男女の愛のあり方について語って。
――2002年9月

私は、いろいろ経験した末に思ったのですが、激しく愛し合っていても、やはり男と女は違うんですね。男と女の間には永遠に渡りきれない川が流れていて、その川を無理に飛び越えて一緒になろうとするから、川にポチャンと落ちて沈んでしまう。だから、お互いに両岸を同じ方向に向かって、相手をチラチラ見ながら歩くのが一番いいと思うの。女のほうが遅れていたら、男はちょっと待ってあげたり、女が小走りになったり。お互いに、手を振りながら、「オーイ」と声をかければ、「ハーイ」と答えがすぐに返ってきて、笑顔がはっきりと見える程度の距離で歩いていく。夫婦というのはそういう関係が理想だと思います。

013

悩みたくなければ、愛さなければいいんです。

寂庵での法話のなかで、「煩悩」について語って。
——1995年7月

悩みたくなければ、愛さなければいいんです。愛した途端に悩みが始まります。

なぜかというと、愛するということは相手を独占したいのね。独占したいということは、誰かに取られるんじゃないかとか、そういう不安が出ます。これは悩みの第一歩でしょう。これが愛の一番つらいところです。財産を失うより、そのほうがつらいから、お釈迦様は「つらい目に遭いたくなければ、初めから愛するな」と言っているんですよ。だけど初めから愛さなければ、人間の男と女がある以上、愛がそこになくなったらセックスはしないでしょう。そうすると人類は絶滅ですよね。だからお釈迦さんも「正式な夫婦だけはセックスしなさい。他はするな」と言われているんですよね。

私もそういうことといっぱいいたしましたから、だから坊主になっているでしょう。相手を苦しめる、誰かを不幸にして、自分が幸せになるってことは、絶対うまくいきません。

014

夫婦なんてものはね、最初は
どんなに燃え上がったか知りませんけど、
大恋愛の気持ちはいつの間にか
消えるんですよ。
だけど、一緒に長く
とけあってるんです。

寂庵での法話で、夫婦の本質について語って。
――1995年7月

夫婦なんてものはね、最初はどんなに燃え上がったか知りませんけど、大恋愛の気持ちはやがて必ず消えるんですよ。消えているのよ、あなたたちね(笑)。だけど、一緒に長くとけあってるんです。とけあっているから少々のことは気にならなくなっているんですよね。向こうももう、気にならなくなっている。とけあっているということは、一体になることですからね。これが夫婦というものなのね。

大恋愛で「うちはまだ主人は私を愛してるわ」なんて、とんでもない。もう、愛してなんかいませんよ。便利でとけあっている。そう思えば、腹も立たないんですよね。

しかし、男というものは悪い奴だから、とけあったふりをしているけれども、もしかしたらどこかに20歳か30歳の女を囲っているかもしれないから、やっぱり気をつけてないといけないね。

015

親は子どもを愛しているつもり、
導いているつもりなんだけど、
実はそれは、自分にとっての喜びで、
自分が構いたいだけ。
「構わせてもらっている」のを、
「構ってやっている」と勘違いしている。

仏教でいう「渇愛」、人間のもつ執着と自分本位の愛
について語って。
——2013年7月

この自分本位の愛は、男女の間に限らず、親子の間でもいえることですね。親は子どもを愛しているつもり、導いているつもりなんだけど、実はそれは、自分にとっての喜びで、自分が構いたいだけ。だから子どもにとっては迷惑かもしれない。親たちは、実は「構わせてもらっている」のを、「構ってやっている」と勘違いしている。そこは少し反省しないとね。

016

源氏を愛した女性の七割は出家しています。愛の苦しみから逃れるためです。

『源氏物語』に登場する女性たちの「心の丈」が、恋に苦しみ抜くことで高くなっていると語って。

――2008年2月

恋をしたら、即、苦しみが始まるものです。当時は一夫多妻、通い婚です。女性は男が来るのを待つしかない。光源氏のように、位の高い人が移動する際は「何々様のお通りー」と前触れが通るんです。続いて、牛車がギシギシと音を立てる。「やっと来てくれた」と女性がいそいそと準備すると通り過ぎてしまう——。つらかったでしょうね。嫉妬に苦しめられたと思いますよ。（彼女たちは）幸せではありません。源氏を愛した女性の七割は出家していきます。愛の苦しみから逃れるためです。出家した途端、源氏は飛んでいきます。「なぜ自分を捨てたのか」と泣くんです。当時は仏教の戒律が守られていて、出家後はセックスができないから。その時、女性はどうするか。ケロッとしているんですよね。彼にすがりついていた女と、源氏の立場が逆転する瞬間です。私は、それを彼女たちの「心の丈」が源氏より高くなったと表現します。出家が女性をりんとさせてくれるんです。

寂庵で、
秘書・瀬尾まなほさんと
（2018年）
©朝日新聞社

第二章

生について

017

「生きる」ということは、
死ぬために生きることです。
だって、人間は
死に向かって生きているでしょ。
だからこそ命を燃やして生きるんです。

〝最後〟の長篇小説『いのち』についてのインタビューで、「生きること」をテーマに語って。
——2018年5月

「生きる」ということは、死ぬために生きることです。だって、人間は死に向かって生きているでしょ。だからこそ命を燃やして生きるんです。今の世の中は命がかすんでいるような気がする。命をかけて生きていたら、この世につまらないことなんてありません。私は見ませんが、インターネットには他人の誹謗中傷があふれかえっているらしいじゃないですか。けれども、命をかけて生きていたら、人に恨まれたり傷つけられたりするものです。私もさんざん叩かれて、悪口を言われてきました。人の悪口を言う人のほうがみっともないじゃないですか。だから人に悪口を言われて傷ついている人は、絶対に諦めてはなりません。

018

つらいときは、思いっきり泣けばいい。
悲しみを我慢してはいけません。
ただ、うんと泣いた後、
ちょっと笑ってほしい。

東日本大震災から10カ月、「被災者の方々に伝えたいこと」として語って。
――2012年1月

「希望は奇跡を生む」。つらいときは、思いっきり泣けばいい。悲しみを我慢してはいけません。東北の皆さんは我慢強い。為政者はその我慢に甘えている。限界を超えて頑張っている方たちに、どうして、この上「頑張って！」なんていえますか。ただ、うんと泣いた後、ちょっと笑ってほしい。「和顔施（わがんせ）」という仏教のことばがあります。「幸福は笑顔にやってくる」という意味です。幼い頃、私は母に言われました。「お前は器量良しじゃないから、人に対するときは、精いっぱいいい笑顔でいなさいね」。器量は母の責任だ、と内心思いながら、母は正しいと得心。

新年、つらいことは涙でいっぱい吐きだしたら、希望をもって楽しいことを考えてみませんか。そんな人には、きっと奇跡が訪れます。

019

悪口言いながら食べるご飯は、
本当においしい。
そんなのやめられないじゃない(笑)。

51歳で出家したときのエピソードを語って。
——2018年4月

お坊さんには、守らなければいけないことがたくさんあるんです。〝嘘をついてはいけない〟とか、〝人の悪口を言うな〟とかね。でもね、小説家というのは嘘を書くのが職業ですよ。悪口言いながら食べるご飯は、本当においしい。そんなのやめられないじゃない（笑）。

だから、私は、得度したとき、〝人がいちばん守れないものを守ろう〟と思って、それでセックスを絶ったんですよ。51才のときから、そういったことは1回もありません。誰も信じてくれませんけどね（笑）。

020

幸福というのは、
自分がお腹いっぱいご飯を食べられて、
亭主が元気で、家族がみんな元気で、
というものではないんです。

〃恋と文筆に活きた波乱万丈の人生〃を語るトークライブで、長年親交のある女優・有馬稲子さんと対談して。
――2017年1月

教育が悪いと思うんですけれど、今の日本人は、「幸福になりたい、幸福になりたい」と思い過ぎね。「幸福になる方法」というテーマの本ばっかりが売れているんですから。でもね、そこで立ち止まって考えてほしいの。幸福というのは、自分がお腹いっぱいご飯を食べられて、亭主が元気で、家族がみんな元気で、というものではないんです。だけど、皆さんはまだそういうところに幸福の価値観を置いているような気がするの。（中略）

世界のあらゆる場所を見渡せば、同じ時代にこの地球に生まれ落ちた人たちのなかには、食べられない人たちが大勢いるんです。そういう世の中は、やっぱり駄目。（中略）

子どもはみんな、お腹いっぱい食べられて、小学校に行って勉強できる――そういう世の中に、していかなきゃいけない。幸福は自分だけのものじゃないんですよ。

021

とにかく、いがみ合うのはやめようね。
いがみ合うのは面白くないし、
何より器量が悪くなる。

寂庵での法話で、「観音経」について解説するなかで語って。
――1988年1月

亭主っていうのは若い時には頼りになるのね。だけど長く連れ添って、年を取った亭主は頼りになるどころか足手まとい。もうそれは同情すべき存在なの。だから妻はそれを引っ張っていってあげなきゃいけないの。そういうふうに思ってください。

若い時にずいぶん働かせたんだからね。年とった夫は大事にしてあげてください。またあの世で良いことがありますよ。とにかく、年とっていがみ合うのはやめようね。いがみ合うのは面白くないし、何より器量が悪くなる。だから器量を良くしましょう。

022

この世で誰かに出逢うことが「生きる」ということなんです。

小説『夏の終り』の映画化に際し、作品のモチーフとなった、二人の男性を同時に愛していた当時の私体験について語って。

——2013年9月

この世で誰かに出逢うことが「生きる」ということなんです。出逢ったときはよくても、一緒にいる間に、いやなこと、苦しいことは必ずあります。そして最後は別れの悲しみもある。男と女の間でも、親と子の間でも。

でも、たとえ苦しみや悲しい目に遭うとしても、その人と出逢わないよりはずっとよかった、そう思いませんか。出逢ったから苦しむ。愛したから悲しい。誰も愛さず、誰からも愛されなければ、苦しみ悲しみもありません。でも、それじゃ人生つまらない。苦しくても、誰かを本気で愛した思いが一つでもあるほうが、生きた、という感じがしますわね。だから、私には後悔がありません。ただひとつ、幼い子を夫に残し、育てなかったということを除いては。

023

簡単な、誰でも知っていることだけど、実際にはできない。それをやりましょう。

寂庵での法話で、「般若心経」について解説するなかで語って。
——1987年2月

悪口を言ってはいけない。二枚舌を使っちゃいけない。詭弁やおべんちゃらとかも言ってはいけない。詭弁というのは、正しいことをねじ曲げて喋ることですね。

だからきちんと喋りましょう。言葉だけじゃなく、正しい行い、正しい生活をすること。それから正しい努力をしましょう。そして正しく考え、正しく思う。そして瞑想する。これはなんのために行うのかといえば、苦しみを失くすためです。

これが仏教なんです。理屈はわかっていてもそれができない。それを行うことが仏教の極意なんです。簡単な、誰でも知っていることだけど、実際にはできない。それをやりましょうということですね。

024

私たちには耳がある。
聞くためについているんです。

寂庵での法話で、アウン・サン・スー・チーさんが話し合いで問題を解決しようとしたことに言及し、対話の大切さについて語って。

――1995年7月

私たちは話し合いをすれば、だいたいのことは解決するんですよね。話し合いをするということは、相手の言うことに聞く耳を持たなければいけない。喧嘩のもとをみますと、嫁と姑の喧嘩、あるいは妻と夫の喧嘩、うまくいかないのは、どっちかが聞く耳を持たないからなの。聞く耳を持たないと言うでしょう。私たちには耳がある。聞くために耳はついているんです。聞こうとしないとダメなんですよね。

聞くということは何かというと、相手が何を言いたいか、何を欲しているかということをわかろうと思って聞くんですよ。しかし、だいたい喧嘩して最後になると「もう声を聞くのも嫌」「顔を見るのも嫌」となって、相手が何を喋っていても聞かないのね。そうすると永久にうまくいかない。

日本の外交は世界一下手で有名なんですよ。それは相手の言うことを聞こうとしないからだと思いますね。自分の主張ばかりを言ってね。相手の言うことを聞かないとダメなのね。

025

自分がいるだけでだれかが幸せになる。
そのために生まれてきたということを
ちっちゃいときから教えてあげれば
子供は命を粗末にしません。

日本の世相を「どん底のような気がする」と評し、その背景には拝金主義の徹底があると語って。
――2008年1月

子供は大人の背中を見て育つんです。教えなくてもまねをします。今の子供はお使いにいったら、帰ってきてお駄賃おくれっていうでしょ。ペイしないと物事をしないって、どこで覚えてきたんでしょうね。大人も子供も無償の行為というのを忘れてしまっていますね。

忘己利他(もうこりた)は慈悲の極みなりという最澄の言葉があるんです。これは仏教の根本思想で、自分の幸せは忘れておいて、人のために一生懸命する。とてもいい教えだと思いますよ。若い人たちが頼みもしないのに産んだとか親に向かっていうじゃないですか。生きててもつまらないとかいって自殺するじゃないですか。もってのほかですよ。自分がいるだけでだれかが幸せになる。そのために生まれてきたということをちっちゃいときから教えてあげれば子供は命を粗末にしません。

026

あの人は苦しいんじゃないかなあ
なんて思えるときは、
自分が幸せなときですよ。
そう思って自分の現在に感謝する、
自分の健康に感謝する。

寂庵の法話で、財物を損なわない布施のひとつ「心施」について解説するなかで語って。
――1992年3月

死にたくっても死ねない。死にたくなくっても死ぬ。そういうことを、私たちは生きているうちに何度も味わわされて生きていくんです。ですから、この世に、悲しくない人はいないんですね。幸せそうにしていても、よく考えたら何か心配事がある人がいるのね。何かあるの。みんな心の中にあるんです。だから、私たちは人の悲しみや苦しみに対して同情して、そして優しい言葉をかけて、余裕があれば慰めてあげる。

自分があんまり苦しいときは、人のことなんて考えられないですよ。だから、あの人は苦しいんじゃないかなあなんて思えるときは、自分が幸せなときですよ。そう思って自分の現在に感謝する、自分の健康に感謝する。そういうことが大切だと思いますね。

027

若い人が「自分なんか」とよく言う。
この言葉は大きらい。
それを聞くと私はすごく怒ります。
「自分が自分を大切にしないで、
だれが大切にするか」って。

全国の中学生に「道徳」の先生として伝えたいこと、
というテーマで語って。
――2020年10月

私は大勢の人から相談を受けます。若い人が「自分なんか」とよく言う。この言葉は大きらい。それを聞くと私はすごく怒ります。「自分が自分を大切にしないで、だれが大切にするか」って。自分にはいろんな可能性がある。他人にない良さがある。それを誇りにして大切にしなさい、って。

将来、何をしたらいいか分からない人もいる。自分の中に「どうしてもこれをしたい」ということがあるはずです。それを早く見つけること。数学はきらいだけど、絵を描くのは好きとか。好きなことが才能なんです。

028

人間というのは、死ぬまで、
二十歳ぐらいのときの
気持ちが続いています。
嫉妬とか、欲望とか、そういうものも。

小説に綴られた、「この年になって、わが心の奥に何があるのかさえわからない人間の、摩訶(まか)不思議さ」という老女の台詞について聞かれて。

——2016年5月

やっぱり、死ぬまで何かあるんじゃないですかね、人間の心の中には。八十歳なのにみっともないとか、九十歳なのに恥ずかしいという意識は、みんな頭にはあるんですよね。だけど、人間というのは、死ぬまで、二十歳ぐらいのときの気持ちが続いています。嫉妬とか、欲望とか、そういうものも。それを習慣によって、努めて見まい、行うまいとしているから、表向きは出てこないですけどね。心の中は、みんなそうじゃないかとこの頃思います。人間には、死ぬときまで、何か恥ずかしくて人に言えないような気持ちがあるんじゃないかしら。

029

誰かを見たら、
幸せにしてあげようと思ってる。
そしたらほめるしかないじゃない。

秘書・瀬尾まなほさんとの対談で、寂庵スタッフとの関係について話して。
——2019年7月

（寂庵スタッフは）70代だけど、うちに来ればみんな若返るの。ぱっと見たら50代にしか見えない。髪形とか、お化粧とか、服も派手なもの着ててね。だから毎朝、「今日の服いいねえ」「似合ってる」「お化粧がうまくいってる」と、必ずほめてあげる。そしたら、みるみるさらにきれいになる。単純よ、人間。

気持ちよく働いてもらいたい、とまでは思ってない。誰かを見たら、幸せにしてあげようと思ってる。そしたらほめるしかないじゃない。「今日の服いいわね」なんて言ったら、その服が私のお古だったりする（笑）。みんなにこにこしてますよ。

40歳の頃の姿。書斎でカメラを向けられて（1963年）©Kodansha／アフロ

第三章

情熱について

030

生きるっていうのは情熱だと思う。
情熱があれば、他人になにか言われても
〝放っておいて〟と思えるものよ。

秘書・瀬尾まなほさんとの対談で、感情的になること
をよしとしない最近の風潮についての思いを語って。
――2018年2月

情熱のない一生なんて意味がないと思うけれど。生きるっていうのは情熱だと思う。情熱があれば、他人になにか言われても〝放っておいて〟と思えるものよ。私なんてあとわずかな人生だから、もっと面白いことしてやろうって思うの。ワクワクしたほうがいい、そうしないと損だと思う。自分にどれだけの可能性があるかは本当に死ぬまで分からないわね。もう長い小説が書けないとなれば、短編が書ける。それも書けなくなったら、短い俳句は書ける。まだまだ楽しめるわね。

『ＪＪ』(光文社)２０１８年２月号「寂聴さん、『ＪＪ世代の幸せ』ってどこにありますか?」

031

「青春は恋と革命」が私の信条です。
本は大事だけど、100冊読むより
本気の恋愛を一つした方が
ずっと成長する。

全国の中学生に「道徳」の先生として伝えたいこと、
というテーマで語って。
——2020年10月

「青春は恋と革命」が私の信条です。本は大事だけど、100冊読むより本気の恋愛を一つした方がずっと成長する。人を愛することは幸せです。一生懸命生きていると、どうも世の中がおかしいと思うことに気付きます。それを直そうと思うのが革命です。変だなと思ったら、変でないようにするため戦うんです。

032

私は、何度、
約束や期待を裏切られても、
不良が好き。

親交が深かった俳優・萩原健一さんについて話すなかで。
――2009年2月

私は、何度、約束や期待を裏切られても、不良が好き。平均点を取って満足してる模範生は好きじゃないです。不良はバカなことといっぱいして、人を傷つけるし、損をして回り道ばかりしているけれど、それは優しいから、正直だから、そうなってしまうのね。本当は自分が一番つらいんです。でも、才能があるのは皆、わかってるから放っておけない。だからモテる。

033

ふたりの人を同時に愛したり、
何もかも放り出すほど人を愛したりする
激しさは、行動に起こさなくても、
実は誰もがもっているものです。

小説『夏の終り』の映画公開を前に、人間を突き動かす愛の激しさについて語って。
――2013年9月

昔は、女性はふたりの男性を同時に愛せないのが当然と言われていました。ですが、そんなことはない。相手が応えてくれるかどうかはわからないだけで(笑)、ふたりでも3人でも、いい男がいれば女性であっても同時に愛せるんです。その心の動きは、昔より今の女性のほうが受け入れやすいのかもしれません。

それに、ふたりの人を同時に愛したり、何もかも放り出すほど人を愛したりする激しさは、行動に起こさなくても、実は誰もがもっているものです。貞操がどうのと言う人でも、絶対にもっている。『アンナ・カレーニナ』のアンナも、『源氏物語』の女三宮(おんなさんのみや)も、みんな不倫しているでしょう。なのにそれらの小説を私たちがおもしろく読めるのは、人を愛するという普遍的な生きるエネルギーを描いているからだと思います。私たちにあるのは、その激しさを表に出すか、一生出さずに墓場までもっていくかの違いだけ。あるいはチャンスに巡り合っているか、いないかだけです。

034

私がこれまで生きてきて
「捨てて」後悔してきたのは、子ども。

雑誌のインタビューで、「捨てる哲学」をテーマに語って。
――2014年3月

私がこれまで生きてきて「捨てて」後悔してきたのは、子ども。私はもともと、お手本のようないい嫁だった。だけれど26歳の時、4歳の娘と夫を置いて、家を出た。小説を書きたい、才能を生かしたい、無知な女のままでいたくない。そういう一心で、不倫相手のもとに向かった。

男と女の間のことは五分五分だから、どちらが悪いということはないけれど、無力で非力な子どもを捨てることはやってはいけない。当時も本当は連れて行きたかったけれど、女が一人で食べさせることはあの時代にできなかった。父親のもとにおいておけば、娘が食うに困ることはないと考えてのことだったけど、いまでも後悔は尽きない。

035

そうか、死んでしまうのか。だったら、
草むしりなんてするのはつまらない。
もっと仕事をしてやれと思い、
書く量を倍に増やしました。

「元気の秘訣」をテーマにした雑誌のインタビューで、
過去を振り返り語って。
――2014年5月

今までさほど大きな病気はしませんでしたが、60歳のとき、心臓のあたりがなんとなく気持ち悪くなりました。そこで心臓病の権威だというお医者様の診断を仰いだところ、「今すぐ小説を書くのをおやめなさい。講演旅行なんてとんでもない」と言うのです。「じゃあ、私はどうしたらいいんですか？」と尋ねたら、「歳相応に庭の草でもむしっていたらいいじゃないですか」。「もし先生の助言を無視したら、どうなるんでしょう」と重ねて訊くと、「命の保証はできない」という答えが返ってきました。

そうか、死んでしまうのか。だったら、草むしりなんてするのはつまらない。もっと仕事をしてやれと思い、書く量を倍に増やしました。だって、どうせ死ぬなら、好きなことをしなければ損だから。そしてあるときふっと気づいたら、そのお医者様は亡くなっていたのよ。いっぽう、私は91の今も相変わらず、忙しく仕事をしています。

036

文化や昔から伝わっている古典を
疎かにするような国は、必ず滅びます。
文化はその国の栄養です。

講演「これまでの一〇〇年、これからの一〇〇年」で文化を守っていくことの意味と大切さについて語って。
――２０１３年９月

文化というのは何か。古典の文学もありますし、音楽も、お芝居もありますし、こんなことがみんな文化ですよね。

いま、そういう文化は要らないと言う政治家もおりますけれども、文化は食べてすぐおなかがくちくなるようなものではありません。それを身につけたって、あるいは見たって、たちまち豊かになるわけではありません。

けれども、文化や昔から伝わっている古典を疎かにするような国は、必ず滅びます。だから、文化は非常に大切にしなければいけない。文化はその国の栄養です。

037

私は眼で小説を書いてきましたからね。

雑誌のインタビューで、86歳で初めて老いを感じたと語って。

――2009年6月

私は眼で小説を書いてきましたからね。写真に頼ることもなかった。写真はきれいに写るから信用できない。自分の眼に焼き付けたことを書くんです。テープも回さない。それでも大事なことだけはもらさず記憶してきました。その機能が弱ってきたとなると、とにかく急がないと。もう、本当に残り時間というのが、分読み、秒読みというふうに短くなっている。考えたこともなかった。人より何倍も働き通しできて、そんな暇なかった。

038

伝記でその人の生涯をなぞるから、
自分もいっしょにその人の生涯を
生きた感じがしてくる。今の私には、
そうしたたくさんの女の生涯が
この小さな身体の中に
ひしめいているのです。

作家・高橋源一郎さんとの対談で、伝記小説で光をあてる人々の「本当の姿」は誰にもわからない、と語って。

——2015年7月

結局、わからない、でもわかるところまで書けばいいんだと悟りました。自分の書く人物に、次に書く人を教えられて、女たちの伝記を書き続けました。伝記でその人の生涯をなぞるから、自分もいっしょにその人の生涯を生きた感じがしてくる。今の私には、そうしたたくさんの女の生涯がこの小さな身体の中にひしめいているのです。

039

いい男って、
いい芸術に触れた時のように
心に響いてくるものがあるのよ。

雑誌のインタビューで、芸術に触れることの意義について語って。
――2001年5月

本を読んだり、映画を見ると、いろんな立場の人の経験を知ることができるの。でもそこで、ベストセラーだからって理由で本を選んでちゃダメ。人の意見でなく、自分の気持ちに本当に合うものを探さなきゃ。

そうやって芸術に触れていると、いい男もわかるようになるの。いい男って、いい芸術に触れた時のように心に響いてくるものがあるのよ。

040

本当にやりがいのある
仕事をしていたら、
亭主なんてめんどくさいよ。
四六時中一緒に
いられてごらんなさい、大変だから。

世阿弥の生涯を描いた小説『秘花』の刊行後、インタビューのなかで語って。
――2007年7月

せっかく女性に生まれたんだから、できることはなんでもすればいいと思いますよ。悩んでいるよりも結婚してみる、子どもも産んでみる。だめだったら別れて次のを探せばいい。第一、本当にやりがいのある仕事をしていたら、亭主なんてめんどくさいよ。四六時中一緒にいられてごらんなさい、大変だから。

041

離婚なんて何度したってかまわない、
離婚は女の勲章よ。

秘書・瀬尾まなほさんとの対談で、失敗を恐れて結婚に踏み切れない女性も多いという話題のなかで。

——2018年2月

今は、離婚なんて珍しいことじゃないのよ。それに、子供も手放さないで済む。私の時代は離婚して女一人で子供を連れて生きていける時代じゃなかったから。シングルマザーを見ると、〝あぁ世の中変わった、女は幸せになった！〟と思うの。離婚なんて何度したってかまわない、離婚は女の勲章よ。

『ＪＪ』（光文社）２０１８年２月号「寂聴さん、『ＪＪ世代の幸せ』ってどこにありますか？」

042

仏教のいちばん大切な教えの一つに、
「殺すなかれ」という言葉があります。
それを避ける方法は
人それぞれが命がけで考えて
実行するしかないのです。

96歳になり、「次の世代に伝えておきたいこと」をテーマに、雑誌のインタビューに答えて。
――2019年1月

私は戦争に向かっていく時代を、身をもって経験しています。その時、日本に漂っていた雰囲気も、昨日のことのように覚えています。だから、今、その時代と同じ空気を日本に感じてとても怖い。二〇一五年の集団的自衛権の行使を容認する安全保障関連法案の時も、体調は最悪だったけれど、いても立ってもいられなかったから、国会前のデモに車椅子で駆けつけました。でも結局法案は強行採決され、その頃からどんどん世の中の流れがおかしな方向に行きはじめたような気がします。特定秘密保護法も可決されて、いずれ戦争前の頃のように、思ったことを話せない、書けない、そういう時代が来るような気がします。（中略）

戦争ってどんな大義名分をつけても人殺しですからね。仏教のいちばん大切な教えの一つに、「殺すなかれ」という言葉があります。戦争には正義などいっさいない。それを避ける方法は人それぞれが命がけで考えて実行するしかないのです。誰しも、自分でそれを考える力をつけて判断して生きるしかないのです。

安保法案に抗議するデモに、京都から車椅子で駆けつけた（2015年）

©朝日新聞社

第四章

無常について

043

人の一生には山あり、谷あり。
坂もいっぱいありますが、
その中にマサカという坂があります。
私たちはある日突然に、
そのマサカに行き当たる。
「まさか！」ということが起こるんです。

小説『夏の終り』の映画公開を前に、人生の幸福やどん底について語って。
――2013年9月

人の一生には山あり、谷あり。坂もいっぱいありますが、その中にマサカという坂があります。私たちはある日突然に、そのマサカに行き当たる。「まさか!」ということが起こるんです。私は「まさか、まさか」と、マサカの連続でした(笑)。だからこそ、今が幸せならそのマサカがなるべく起きないように、幸せを守る努力が必要なのです。

でも、どんなに守る努力をしていても、避けようのないマサカもあります。家の柱だった夫が、勤務先の会社で倒れて帰らぬ人になるかもしれない。かわいいわが子を亡くすかもしれない。自分の望みどおりに、すべてが進むことはなく、今の幸福が永遠に続くことはないのです。

ただそれでどれほど困惑し、悲しんだとしても、どん底の状態も続くことはありません。仏教の根本思想は「無常」です。生々流転(しょうじょうるてん)、すべては変わっていくのです。

044

「無常」は「常ならぬ」ということで、
変わるということなんですよね。

寂庵での法話で、阪神淡路大震災に言及し「無常」について語って。
――1995年7月

「無常」ということはいい状態が悪くなること、「明日はわからない無常の世の中」というふうに使うでしょう。けれども無常は「常ならぬ」ということで、変わるということなんですよね。木の実が落ちて、そこから芽が出てだんだん大きくなる。赤ん坊が生まれて、だんだん大きくなる。それも昨日と違う、今日。そういうふうにも私はとれると思うんです。

今年（1995年）の1月17日の震災の朝が無常の一番ひどい時で、それから一日一日良くなっていっています。弱者と言われる側の人に、ボランティアが手を差し伸べる。対応の遅い政府も復興に向けて、義援金を集めたり、仮設住宅も建てたりして、だんだん良くなっていく。それも変化、無常なんですね。同じ状態ではないということです。

045

しきたりや道徳といったものは、
時代とともに変わっていくもの。

雑誌の特集で「未婚の一人娘が心配」という読者からの相談に答えて。
――２０１７年12月

あなたは、「家庭に入ったら女は幸せ」だと思っていませんか？　若い頃、「早く結婚しなさい」と言われて育ってきたからでしょう。私の時代はもっとすごくって、21歳でお嫁に行くのが普通、遅くとも23歳には行かないと売れ残りと言われました。

でも今は、そういう時代ではありません。今の若い人は結婚しなくても平気。理由は、仕事ができて、自由で楽しいからです。昔の女性は仕事をすることが許されず、できてもお茶くみくらい。でも今はみんな、やりがいのある仕事が持てています。社会の環境が、まったく違うのです。

離婚も増えましたね。私の法話を聞きに来た女性たちに「離婚したことある人、手を挙げて」と聞くと、大半の人が手を挙げる世の中です。たとえ結婚しなくても、離婚して子どもがいても、自活できる。そして嫌な姑に仕えることがない。女性にとって、いい時代です。しきたりや道徳といったものは、時代とともに変わっていくもの。私のように長く生きてきた人間は、それをすごく実感します。

046

心だって「自分の心だ」なんて
偉そうな顔をしているけど、
思うようにならないですよ。

寂庵での法話で、「観音経」の解説をするなかで「我執」について語って。
——1989年3月

自分の身体は自分のものだと思っているけれども、自分のものじゃないから、自分の望まないものになるでしょう。がんになんかなるまいと思っても、がんになるじゃないですか。死にたくないと思っても、死ぬじゃありませんか。ということは、自分の身体はけっして自分のものではないんですよ。自分の自由にならないんですよね。自分のものではないですから、勝手にお腹が空くし、勝手に眠くなるじゃない。

心だってそうです。心だって「自分の心だ」なんて偉そうな顔をしているけど、思うようにならないですよ。隣の家の旦那さんのことが好きだけど、あの人には奥さんがいるんだから思っちゃいけないと思っても、好きで好きでたまらなくなることがあるじゃない。自分の亭主だからこの人を愛さなくてはならないと思っても、30年も顔を見ていたら嫌になって愛せなくなるね。だから自分の心は自由にならないということですよね。

047

戦後、焼け跡の残る東京を見て、
これからは自分の手で触って、
手のひらに感じたものだけを信じて
生きようと思いました。
それが私の革命です。

「戦後70年の終戦記念日を機に、戦争体験者として伝えたいこと」として語って。
――2015年8月

授業を休んで戦地の兵隊さんに送るチョッキを作ったり、戦場をしのんで、おかずなしで梅干しも入れない弁当を食べたりする日もありました。だんだん戦争が日常になってくるんです。

ニュースは大本営発表だけ。負けていても勝ったというでしょ。みんなこの戦争は良い戦争だ、天皇陛下の御(おん)ためにいのちをささげる、東洋平和のための戦争だ、と大本営発表だけを聞かされていたから。負けてるのにちょうちん行列していた。そんなおばかちゃんでしたね、私も国民も。

戦後、焼け跡の残る東京を見て、これからは自分の手で触って、手のひらに感じたものだけを信じて生きようと思いました。それが私の革命です。

048

不良になると、世の中がすごく自由になりますね。私はそれまでずっと優等生でしたから、ああ、こんなに自由なものかと思いました。解放感があった。

得度40年を迎え、小説「夏の終り」を書いた、仏門に入る前の自身を振り返り語って。

――2013年8月

（2人の男性を同時に愛した女性の物語は）今は当たり前の話として読めますが、当時はたいへんでしたよ。不良で。でも、不良になると、世の中がすごく自由になりますね。私はそれまでずっと優等生でしたから、ああ、こんなに自由なものかと思いました。解放感があった。人によく思われなくていいと思えば、なんでもできるものです。道徳なんていうものは、どんどん変わっていきます。だって、道徳も法律も人間が作ったものでしょう。つまり、そのときの為政者に都合のいいものが道徳と法律なんです。でも、変わらないものもあります。それは何か、と思って私は出家したんですから。目に見えない神とか仏とか、宇宙の原理みたいなもの、それに人の心。それが真実というものでしょう。

049

死ぬまで自分を
変えることができるんです。
性格を変えることができなくても、
視点を変えることができる。

寂庵での法話で、それぞれの人がもっている可能性
について語って。
——1991年10月

自分の中にある可能性を、死ぬまで可能性があるんだということを、私たちは覚えておきましょう。「私はこういう性格だから、もう直らないわ」なんてよく思いますけどね、死ぬまで自分を変えることができるんです。性格を変えることができなくても、視点を変えることができる。見る目を変えることができるんですよ。

「あの人はケチで嫌い」と思っていてもね、ちょっと見方を変えれば、「あの人はケチじゃないんだ。ものを大切にする人なんだ、無駄にしない人なんだ」と思えば、立派ということになるじゃないですか。たとえ自分にものをくれなくってもね（笑）。

050

いいことも、悪いことも変わる。
どんな辛い目にあって、
どん底だと思っても、それは続かない。
だから、心配することはないの。

秘書・瀬尾まなほさんとの対談で、「他人が羨ましくなることはない？」と聞かれ、語って。

――2018年2月

昔からないかもね、これは性分。みんなにみじめだと思われるような、さんざんな時期もあったけど〝自分は好きなことしているんだから仕方ない〟と思ってた。あと、これは95年間生きてきて分かったことだけど、どんな悪いことも続かない、絶対に変わるから。いいことも、悪いことも変わる。どんな辛い目にあって、どん底だと思っても、それは続かない。だから、心配することはないの。（中略）この世に永久なものなんてないのよ。

『ＪＪ』（光文社）２０１８年２月号「寂聴さん、『ＪＪ世代の幸せ』ってどこにありますか？」

051

私は自分を変えたくなったら
全部捨てちゃう。
出家がそうでしょ。

対談相手の堀江貴文さんの次の著作が『ゼロ』という
タイトルだと聞いて。
――2013年10月

ゼロから出発したいという気持ちはよくわかる。私は自分を変えたくなったら全部捨てちゃう。出家がそうでしょ。でもね、いくら捨てても気が付いたらいろんなものが、いつの間にかくっついてきちゃう。そうなったら、また捨てる。

052

私は涙など一滴も出なかった。
それはまさに一つの新しい命の誕生の
儀式であった。

51歳のとき出家し、得度式で剃髪した際のエピソードを語って。
――2018年11月

前日から寺に入り、当日本堂へ案内された。廊下に出ると、真っ青に晴れた空と、真っ赤に色づいた紅葉が目に映った。私は思わず、

「紅葉燃ゆ 旅立つ朝の 空や寂」

と口の中でつぶやいていた。それまで俳句など全く作ろうとしたこともなかったのだ。（中略）

別室で髪を断たれた。寺の近所の散髪屋の娘だという人がバリカンで長い髪を落とし、そのあとかみそりでくりくり坊主にした。その間、壁の彼方から声明が聞こえてきた。剃髪の時の声明を、比叡山で声明の名人の誉田玄昭大僧正があげて下さったと、後で教えてもらった。

「髪が長いからなあ。普通の三倍もあげつづけたよ」

と、後年御本人から伺った。この時、傍らにいた姉が、わっと泣きだした。その涙声を私の声と、新聞に書かれたのに困った。私は涙など一滴も出なかった。それはまさに一つの新しい命の誕生の儀式であった。

053

不安な時代だから、明日がないから、
きょうは本物の本を読みたいんです。

『名作の中の女たち』を手がけた直後、共著者の前田愛さんが亡くなったことについて触れて。
――2013年9月

人間は「あした」ってわからないですよ。皆さんもきょう、秋晴れのこんないいお天気の日に、こんなところに(笑)、文化を愛するからいらっしゃったんだと思うんですけれども、あしたはわからないですよ(笑)。

きょうがもう最後だと思って、きょう食べたいものを食べて、飲みたいものを飲んで、会いたい人に会って、そして読みたい本を読んでください。

台風も地震も、そして戦争だって、あしたにも始まっちゃうかもしれない、変な時代です。そんな不安な時代に本なんか読んでいられるかと思うかもしれませんが、不安な時代だから、明日がないから、きょうは本物の本を読みたいんです。そうして、文化をお腹一杯食べて眠りたいですね。芸術も文化も、体の栄養にはならないけれども、心の栄養には絶対必要です。これを忘れないでください。

054

忘却ということは、
非常に罪なことではあるけれど、
ありがたいことでもある。
人間は辛いことは忘れられるんです。

「長生きするということは、たくさんの別れを経験することと」と語って。

――２０１５年４月

京都には「日にち薬」という言葉があります。どんなに悲しいことでも、どんなに苦しいことでも、人間は忘れるんですよ。朝から晩まで泣いていたのが、ふとある時「今朝は泣かなかった、思い出さなかった」と気づく。また何日かすると「今日はお昼になっても思い出さなかった」という状態になり、さらに日が経てば「今日は一日中、思い出さなかった」となって、悲しみを受け入れることができる。

だから、忘却ということは、非常に罪なことではあるけれど、ありがたいことでもある。人間は辛いことは忘れられるんです。それで、よかった記憶だけ心の中に残る。

055

なんでも物事は
プラスイメージでもって
なさってごらんなさい。
そうすると成功するんですよ。
本当に成功するの。

寂庵での法話で、「観音経」を解説するなかで語って。
――1989年3月

ちょっと病気をすると、我々は落ち込んで「ああ、もう死ぬのかな」と思うでしょう。ちょっと夫婦の仲がうまくいかないと「ああ、もうこれで別れるのかな」なんて思うでしょう。まあ、本当に別れたいときもあるけどね。

だけどもね、やはりそうではない。いいイメージを自分に持ってください。なんでも物事はプラスイメージでもってなさってごらんなさい。そうすると成功するんですよ。本当に成功するの。

だから陰気なことを考えないでね。陰気なことを考えると、顔も陰気になります。そして陰気な顔をしていると、陰気な人が寄ってくるわね。不幸が寄ってきやすいの。災いは災いを招くのね。ニコニコ明るくしていると、不幸が寄ってこられない、貧乏神が寄ってこられないんですよ。

41歳のとき、小説『夏の終り』で第二回女流文学賞を受賞

第五章

老いについて

056

年をとったら
マインドチェンジが必要です。
考え方を変えること、
ものの見方をちょっとずらすこと。
だって、変えないとホントしんどいもの。

この年の3月に大きな手術を受け、療養・回復後に雑誌のインタビューに答えて。――2017年10月

幸せは外から与えられるのを待っていてはいけませんね。自分で自分を楽しませたり、よろこばせたりしなくては。いつまで余生が続くかわかりませんが、とにかく自分の好きなことを自由にやって、自分を楽しませたいと思います。

とはいえ、年をとれば身体は思うように動かなくなるし、頭の働きも若い頃のようにはいかなくなります。そんな思い通りにならない我が身を、「楽しませる」なんて無理、と思うこともあるかもしれません。

私の場合はつらい闘病中、病気になってしまったことは、もはやしかたがないことだと、どこかで思い至ったような気がします。それで、しかたがないから闘うのをやめよう、と決めました。年をとったらマインドチェンジが必要です。考え方を変えること、ものの見方をちょっとずらすこと。だって、変えないとホントしんどいもの。

057

笑っているところに
不幸は来ないですよ。
お互い笑っていれば
けんかなんかできないでしょう？

96歳になり、「次の世代に伝えておきたいこと」をテーマに語って。——2019年1月人生一〇〇年っていわれていますが、一〇〇年生きなきゃならないなら、健康が何より大切。健康を保つ秘訣は何かとよく聞かれますけど、まずは笑顔。笑うことがいちばん健康にはいい。だって、笑っているところに不幸は来ないですよ。お互い笑っていればけんかなんかできないでしょう？　だから、笑い飛ばすような癖をつければいい。

058

他人のことを気にするから、がんになったりするのよ。

寂庵での法話で、それぞれの人の「心の自由」について語って。

――1988年1月

老人は大人しくとか慎ましくとか、老人は赤いものを着たらおかしいとか、派手な格好をしてはいけないとかね、そういうことはもうまったく時代遅れなんです。我々は男でも女でも、いかに自分を美しく見せるかということは自由ですから。

その人の趣味が悪ければ、本人がいいと思っていても、とてもおかしな場合もありますけどね。それもその人の勝手。その人のお金でやっていることだから、「ああ、あれが似合うと思っているんだな」と思えばいいの。そうやって他人のことを気にするから、がんになったりするのよ。他人のことは自由にさせましょう。自分も自由であると同時に、他人のこともあれこれ干渉しないんですよ。

他人のことを気にすることもわだかまりの一つなのね。それも気にしない。自分の年齢も気にしない。女だから、姑だからこうしなきゃいけないとか、嫁だからこうしなきゃいけないとか、あまりこだわらないでね、とにかくお互いにしたいようにして干渉しなければ、うまくいくんじゃないですかねえ。

059

今の五十歳なら、もう一度人生を仕切り直すことができますから。本当に自分に合った暮らし方と仕事を選び直すチャンスですよ。

51歳で出家した自身を振り返るとともに、50歳という人生の節目にあたる年齢について語って。

――1998年4月

現代人にとって五十歳は大きな節目、最大の転機でしょう。

会社員の男性なら定年というゴールが見え、専業主婦の女性なら子育てをほぼ終える。老いた親を看取(み)るのもこの時期だし、それが生物的な「更年期」とも重なる。ナイスミドルなんていうけど、実は残酷な季節。心とからだが動揺しやすくなるのは、当然ですよね。

京都の寂庵の門をたたくのも、申し合わせたように五十を挟んだ女性たち。夫や子供、世間から自分は疎外されていると被害妄想に取り憑(つ)かれ、苦しい、力を与えて欲しいと訴えてくる。(中略)

でも、今の五十歳なら、もう一度人生を仕切り直すことができますから。更年期は熟考のための小休止の時期だと考えればいい。本当に自分に合った暮らし方と仕事を選び直すチャンスですよ。その際、男も女も経済的な自立を果たすこと。体力の続く限り社会とかかわって、少しは人さまのお役に立とうと思うこと。これが基本じゃないですか。

060

がんを患って痛い思いをして以来、
「もう真っすぐ極楽に行きたい」と
考えが変わった。
90歳超えてからの転向です(笑)。

胆のうがんや心臓の手術を乗り越えた「いま」思うこと、として語って。
――2018年1月

以前はね、極楽と地獄、どちらがいいかと聞かれたら「極楽なんて退屈でつまらない」と思っていたんです。花が咲いて、食べるものがあって、努力もしなくていいなんてあまりに退屈でしょ。それより地獄で、「青鬼が来るか赤鬼が来るか、今日の責めはどんなかな」ってハラハラしたいと散々言ってきました。

だけど、がんを患って痛い思いをして以来、「もう真っすぐ極楽に行きたい」と考えが変わった。90歳超えてからの転向です（笑）。人間なんですものね、いくつになったって、考えは柔軟に変えていいんです。

061

体は心次第。
心がすっきりしていれば、
病気は寄ってきません。

雑誌のインタビューで「元気の秘訣」について語って。
――2014年5月

体は心次第。健康でいるためには、心が何より大事です。気持ちが暗いと、病気を招いてしまう。心がすっきりしていれば、病気は寄ってきません。

常にすっきりした心でいるためには、今置かれている場を懸命に生きることでしょうね、主婦でしたら、やはり主婦の仕事をおろそかにしないほうがいい。仕事をしている人も、「この仕事は嫌い」とか「上司が苦手」などと愚痴ばかりこぼしていると、健康も幸せも遠のいていきますよ。

ただ、家庭でも仕事でも、どうしても我慢ならないのなら、飛び出して新たな場を自分で探すという方法があります。そのためには自分の頭で考えて、自分で責任をとらなくてはいけません。

062

年齢というのは
自分で何才だと思った瞬間から、
その年になるんです。

講演のなかで「年齢」のとらえ方について語って。
——2007年9月

人間は年をとることからは逃れられません。生まれた瞬間からやがて死ぬために生まれてきた命ですから仕方がない。年齢というのは自分で何才だと思った瞬間から、その年になるんです。私はいつも、自分の年齢なんて忘れています。

063

一人で暮らしているよりも、
家族と暮らして余計に寂しい
ということもある。

寂庵での法話で、孤独から逃れることのできない人
間の宿命について語って。——1989年3月

人間は家族と一緒に暮らしていても本当は孤独なの。一人で生まれてきて一人で死ぬの。そのことを覚悟していればいろいろなことにも耐えていかれるんですけども、一人で暮らしているよりも、家族と暮らして余計に寂しいということもある。

たとえば今は、私たちの世代とね、うんと若い世代とでは楽しむものが違うでしょ。テレビひとつにしたって子どもたちの見るテレビは大人の私たちは、もうわからないのね。それはもう世代の差とか断絶とかいうもんじゃない。本当に違う世界の、違う星の人間同士なんですよ。それが一つになって暮らすものだから、そこにいろいろと摩擦が起こる。「どうせおばあちゃんはわからないから」とか言って、相手にしてくれない。そしたら、とても寂しいでしょう。そういうことがあるから、一人でいる寂しさよりも、家族と暮らして余計に寂しいという人が多いんですよね。そして僻(ひが)んで拗ねて、余計に嫌われる。

でもね、これは必ずそうなるの。その前に自分が死んでいればいいけれどもね、そうはいかない。ボケることもあるでしょうし、人間は必ず老いるということを覚悟してください。

064

年寄りは見苦しい顔して怒ったら
みっともないよね。
若い娘が怒ったら
綺麗かもしれないけれど。

98歳で遷化するまで20年にわたり天台座主を務めた山田恵諦の、晩年の壮健ぶりを引き合いに出し語って。
――1994年4月

年を取るとね、転ばないこと、大食らいしないこと、怒らないこと。これが丈夫の秘訣ですよ。怒るとね、やっぱり顔が醜くなるしね。心臓に負担を与えますから、高血圧か何かになって死ぬんですよね。

やっぱりさ、年寄りは見苦しい顔して怒ったらみっともないよね。若い娘が怒ったら綺麗かもしれないけれど。だから、怒らないことが一番いいことです。家へ帰ってね、うるさい姑がいたら、「寂聴さんがこう言っていた」って教えてあげなさい。まあとにかくね、長生きをするっていうのは大変なことなんです。

065

心がみずみずしいと、体もシワシワにならないのよ。

雑誌のインタビューで「今でも恋愛はしています」と語って。

——2018年4月

「令和」への
改元を前に、
インタビューを受けて。
元号が書かれた額を
掲げるポーズをとり
笑った
（2019年）

066

人間はね、
見られると美しくなるんですよ。
だから皆さんがきれいになりたいと
思ったら、できるだけ人に会うことね。

寂庵での法話で、「きんさんぎんさん」について語って。
――1993年1月

人間はね、見られると美しくなるんですよ。だから皆さんがきれいになりたいと思ったら、できるだけ人に会うことね。

家の中にずっと引きこもっていて、亭主だけの顔を見ていたってきれいにならないの。夫以外の男に見られることがいいんですよ。女でもいいのよ。あの人に負けまいとおしゃれしますからね。見られるということがとても刺激になるのね。ホルモンの関係があると思うんですけど。

067

どうせ生きているなら、
死ぬまで女であった方がいいと
私は思います。
性を伴う恋愛はなくても、
誰かを思う気持は
あった方が楽しいでしょう。

小説『爛』の刊行を記念した雑誌の特集記事のなかで、年齢を重ねた女性の生と性について語って。
――2014年1月

私が子どもの頃と比べたら、今のおばあさんはほんとうに綺麗で若い(笑)。いいことですよ。どうせ生きているなら、死ぬまで女であった方がいいと私は思います。仏教で「渇愛」という性を伴う恋愛はなくても、誰かを思う気持はあった方が楽しいでしょう。ドキドキしたり、ときめくという気持が大事です。お化粧を濃くするとかじゃなくてね。

寂庵へ身の上相談に来る人には、八十歳を過ぎても恋愛の悩みが多いんですよ。お釈迦様は恋愛するから悩みが生じる、孤独に生きる方が良い、なんて仰ったけれども、私はそうは思いません。お釈迦さんは若い頃に女に絶望する目に遭われたんでしょうね。私は九十一の今でも男に絶望なんかしていません。私自身は男運が良かったと思ってるし、みんな亡くなっているけれど、良い人ばかりでした。

寂庵で定期的に開催されていた「写経の会」で
©大島拓也

第六章

業について

068

好きだった人がなんだか冷たくなる。
それは相手の情熱が冷めたのね。
それがわかればいい。
情熱というのは冷めるものだと。

寂庵での法話で、「般若心経」について解説するなかで語って。
——1987年2月

あなたが苦しいのには原因があるのですね。うちの子をいい学校にやりたいのにちっともうまくいかないというのは、お母さんの頭が悪いから。自分の頭が悪いのは、お父さんやお母さんの頭が悪いから。そうやって原因がわかれば腹も立たないで、「ああそうか」と思うじゃないですか。

好きだった人がなんだか冷たくなる。それは相手の情熱が冷めたのね。それがわかればいい。情熱というのは冷めるものだと。好きになったときは何か間違っていて、今、正気になったんだということです。

なんでも物事はそういうふうに考えていって、原因を突き止めたら、その負の原因を取り除かないといけないのね。がんになったら悪いところを手術するでしょう。たまに治らないこともあるけど、手術が早ければ、だいたいは治るでしょう。そうやって苦しい原因を取り除けば楽になるの。

069

過剰な欲はなぜ生まれるのかしら。
それは、その欲が、本当に自分が
ほしいものではなく、
他人の目や流行を気にした
結果だからね。

「捨てる哲学」をテーマに、尽きることのない人間の欲望について語って。
――2014年3月

過剰な欲はなぜ生まれるのかしら。

それは、その欲が、本当に自分がほしいものではなく、他人の目や流行を気にした結果だからね。洋服一つをとっても、本当に自分に似合うものはこの1枚なのに、流行がコロコロ変わるからそれに合わせるたびに増える。結婚相手を選ぶときも、自分が好きな人はこの人のはずなのに、世間的に言えばこんな要素があったほうが聞こえがいいと、会社名や学歴まで気にする。自分が満足したらそれでいいはずなのに、他人の目が入ってくるから欲にきりがなくなる。

人間は自分が本当にほしいものだけではなく、他人の目を気にして過剰に手に入れないと気が済まない。でも、そういう過剰なものは、手に入れるときの欲だけ満たされれば、持っていてもしかたなくなって、すぐに飽きて捨てたくなる。

070

悪口を言われたっていいでしょ。
人に合わせたところで、その人が税金を
払ってくれるわけでもなし(笑)。

「自分のなかにどんな才能があるかはやってみなければわからない」と、一歩踏み出す勇気を持つことの大切さについて語って。

――2009年3月

人間は自分で思っているより素晴らしいものです。「どうせ」なんて自分に見切りをつけてはいけません。人の目を気にする必要もなし。悪口を言われたっていいでしょ。人に合わせたところで、その人が税金を払ってくれるわけでもなし(笑)。私も優等生のころは褒められていましたけれど、出奔で道を踏み外してからは、人の目や悪口を気にしたら生きてはこられませんでしたね。人は気にせず、自分に見切りをつけず、自分の可能性を押し開く。それが自分の人生を生きるということです。

071

今、自分を好きになれないという人が本当に多い。うぬぼれるなと思うんです。自分をどれだけのものだと思っているのかしら。今そこにあるのが自分だってことがわかっていない。

比叡山延暦寺・小林隆彰大僧正との対談で、「自分のことを好きになりたい」という読者からの相談に答えて。
――2013年7月

今、自分を好きになれないという人が本当に多い。うぬぼれるなと思うんです。自分をどれだけのものだと思っているのかしら。今そこにあるのが、自分自身だってことがわかっていない。

私は、裸の自分をしみじみ見たらいいと思うのね。服を着ていたら見えないところにほくろがあって、それがチャームポイントかもしれない。それは誰も知らなくても、私はここにチャームポイントがあるのよと思っていればいい。

私は顔はまずいけど頭はいいのよとか、誰でもどこか必ずいいところがある。まずは自分でそこを見つけて自分で褒めてあげなさいと。

072

胸につかえている悲しみ苦しみを
誰かに言うだけで、
心に風穴が通るんですよ。

寂庵での法話で、「誰かに話を聞いてもらうこと」の
意味について語って。 ――1995年7月

誰かに聞いてもらいたいだけなの。だから(旦那さんの浮気に対して)別れなさいと言うと怒るのね。最初は本気で「それは別れたほうがいいですよ。弁護士は……」なんて言って、何度もえらい目に遭ってきました。このごろは聞くだけ。だから、今日も聞くだけよ。いい?

それでいいの。聞くだけで。その人は、胸につかえている悲しみ苦しみを誰かに言うだけで、心に風穴が通るんですよ。そうするとすっとするのね。息もできなかった胸に隙間ができると、そこに風が入ると、新しい考えが出てくるんですよ。突破口が出てくるのね。

だから、じっと一人で思わないで。老人が一人で暮らしていてボケるのは、そういうことなの。聞いてくれる人がいないからだめなの。とにかく誰かに喋ることね。誰かに喋っていればね、それで十分気が済むの。相手は猫だって犬だって構わない。

073

いつか亡くなる人だから許しなさい。

寂庵での法話で、「観音経」について解説するなかで語って。

——1989年3月

仏教は「過去のことを思い煩うな」、それから「未来のいつ起こるかわからない災厄を心配するな」と、そういうことを教えています。でも我々は凡夫だから、クヨクヨするんですよね。いつまでもネチネチと昔のことを思ってね、「あのときに私はあの人からこんなことを言われた」なんて言ってね、もういつまでも覚えているのね。でもそれをもうやめましょうね。

私も、昔に私の小説を悪く言った批評家の名前を絶対に忘れません。私も皆さんも凡夫だから、そういうことはあると思うんですけどね、お釈迦様はそれを忘れなさいと教えているんですね。私は忘れられないけどね、でも一緒に忘れましょう。

その批評家たちはみんな亡くなりましたけどね、それは順序で亡くなったことだから。残ってる人もいつか亡くなる人だから許しなさい。

074

人に奉仕するということはね、
身を屈めなければならない。
心も屈めなければならない。

寂庵での法話で、奉仕することの本質について語って。
——1993年1月

奉仕したから感謝されるっていうものじゃないの。奉仕してもたいてい感謝されませんよ。だいたいね、「何かしてあげた」と思ったときはね、相手はそうは思わないのね。こっちに「してあげた」という気があるとね、それが向こうにわかるんですよ。そしたらね、「したくてしたんだろう」とか「余裕があるからしたんだろう」とか思われるんですね。

そうじゃないのね。やっぱり何かを人のためにするということ、人に奉仕するということはね、身を屈めなければならない。心も屈めなければならない。偉そうに思ってたらね、奉仕できないですよ。身を屈め、心を屈めたらね、そこに、そうしなかったときにはなかった喜びが返ってくるんですよ。自己満足かもしれませんけどね。自分が何かをした、それを何かが見てくれている。その何かということがわからないですけれども、たとえば神様と言ってもいいですよ。仏様と言ってもいいですよ。あるいは宇宙の何か、生命と言ってもいいですよ。人知れずするということが、奉仕するということなんですね。

075

考え方ひとつなのです。
「みんなに吸い取られている」から、
「みなさんからいただいている」へ。

この年の3月に大きな手術を受けて療養後、法話のため岩手県・天台寺に出向いた際のエピソードを語って。
——2017年10月

以前は、大勢の人の前に立つたびに、エネルギーを吸い取られるように感じることもありましたが、その日の私は違いました。５０００人が、私の小さな体に向けてエネルギーを注ぎ込んでくれているようなイメージが湧いて、しゃきっと元気になり、立ったままで50分間、話し続けることができました。

考え方ひとつなのです。「みんなに吸い取られている」から、「みなさんからいただいている」へ。私が考え方を変えたのは、今思えば、3年前の胆のうがんの手術がきっかけだったように思います。病後、最初の法話の時、復帰を喜んで涙してくれているみなさんを前にして、「みなさんのために、と思って法話を続けてきたけれど、御利益をいただいているのは私のほうだ」と感じました。すると疲れを忘れ、いくらでも話ができた。あの体験で、行き詰まった時は考え方を変えることを覚えたのです。

076

欲を抑えようとするのではなくて、
こんなことを思うのは煩悩だなって、
ながめる余裕をもつことですよ。

小説『花に問え』で谷崎潤一郎賞を受賞したときの喜びを回顧し、賞が欲しいと思う気持ちは自分にとって「最後に残った煩悩」だと語って。

——1995年5月

無理に抑えようとするから、みんな苦しいんですよ。煩悩が悪いってことは初めから分かっています。でも煩悩があるから人間は、ものもつくり、向上もし、おしゃれもし、子供も生む。煩悩がなくなったら人類絶滅ですよ。煩悩即菩提(ぼだい)。つまり、煩悩を上手に飼い慣らして、自分で煩悩の手綱を握っていれば、それが仏に至る道につながっていきます。煩悩を断つということは、われわれ凡人には至難の業です。むしろ、煩悩と共生することを考えたほうがいい。

欲をなくそうと思ったって、お金はたくさんあった方がいいし、恋人はカッコイイ方がいいし、流行の服には目がくらむ。欲を抑えようとするのではなくて、こんなことを思うのは煩悩だなって、ながめる余裕をもつことですよ。

077

他人の肉体の痛み、心の痛みに
平気でいられるというのは、人間として
一番恥ずかしいことだと思います。

寂庵での法話で、「観音経」の解説をするなかで「功徳」について語って。
――1988年1月

そこに倒れている人があれば、そこを黙って通り過ぎる、それはもう絶対に悪いのね。他人に運ばせる、それも悪いの。やっぱり自分がその人を担いで助けてあげなければならない。

そのために自分の用事が遅れるとか、あとで面倒くさいことになる。病院へ行ったら名前も調べられたり、何かあれば警察に呼ばれたりもします。けれども、目の前で人が苦しんでいる、ケガをしている、あるいは難儀をしている。それを平気で見て通れるというのは、それはもう人間じゃないんです。

でも、今のお母さんなんかは「あんまりそういうのには触らないほうがいいのよ」なんて、子どもに教える人もいるんです。「なるべく知らん顔をしてサッと逃げなさい」とか「そういうのに関わったら、あとでひどいことになる」とかね。

実際にひどいことになるかもしれません。けれどもそれはね、他人の痛みや苦しみを見捨てられる神経というのはね、これは人間でない。宗教を信じようが信じまいがね、とにかく他人の肉体の痛み、心の痛みに平気でいられるというのは、人間として一番恥ずかしいことだと思います。

078

敵をどこで許すか、なんです。
戦争は人殺しですから。
いい戦争とか聖戦とか、絶対ありません。

日に日に軍靴の音が近づいているように感じられる、
国内外の現況に触れて。
——2016年2月

そういうイスラム国などをやっつけるために、ほかの国々が団結したら、戦争になります。その結果どうなります？　イスラム国は滅びる？　滅びないでしょう。世界中に潜んで、さらにテロが続くに違いありません。

仏教でも、報復に報復を重ねていったら終わりがないと教えています。だから敵をどこで許すか、なんです。戦争は人殺しですから。いい戦争とか聖戦とか、絶対ありません。どれも集団人殺しです。

079

人間はお馬鹿ちゃんですから、
決して忘れてはいけないことまで
忘れてしまうんです。

女優・吉永小百合さんとの対談のなかで、東日本大震災や福島第一原発事故の記憶がいつか風化してしまうことを懸念し語って。
――２０１４年３月

人間というのは、忘れる能力があるから生きていかれるんですよ。いつまでも悲しいことを覚えていては生きていけません。忘れるということは、神様や仏様がくださった、ありがたいお恵みなの。

でも、人間はお馬鹿ちゃんですから、決して忘れてはいけないことまで忘れてしまうんです。

『女性自身』（光文社）２０１４年３月25日号「３・11特別対談１２０分！ 震災＆原発禍 被災者に希望の未来を…私たちは闘います！ 瀬戸内寂聴 吉永小百合」

080

言葉で人を殺すこともあるんですよ。

寂庵での法話で、「弱者」という言葉について語って。

――1995年7月

「弱者」と言いますけど、言う人には思い上がりがあると思います。自分が強者だから、誰かを弱者と言う。そうじゃないですよね。そういうことを言っちゃいけないんです。弱者と言われる側の人は、けっして思いやりとはとらないんです。「あの人は病人よ」とか、若い人はすぐ言うのね。「あのジジイ」とか「ババア」とかね。私は自分のことをババアと思ったことがないから、言われたら「何よ」と言いますけどね（笑）。そういうふうに言い返す元気があればいいですけど、もう、バアさん扱いされると嫌よね。自分でも弱者と思いたくない。

だから、「ちょっとそこのおばあさん」なんてことは絶対に言っちゃいけないの。おばあさんは90歳になっても、自分をおばあさんだとは思っていないの。なんて言ったらいいと思う？　「元娘さん」て言う（笑）？　なんでもいいけど、無理に言わなくてもいいでしょう。「ちょっと、ちょっと」と言うだけで振り向きますよね。

言葉で人を殺すこともあるんですよ。だから気をつけましょうね。

081

男でも女でも、
いまが最高なんて思う人は、
むなしさがわからないのです。

作家になる夢が叶い成果も得たが、そこにはむなしさがあったと語って。
——1990年9月

食べたいものは、なんでも食べられる。着たいものは、なんでも着られる。行きたいところは、世界中どこへでも行かれますよね。したいことが全部できる立場になったら、ほんとに人間ってむなしくなりますよ。私は、そのとき実にむなしかったですね。四十七、八のころです。

だいたい、人間は四十四、五過ぎまで行って、そんなふうに感じなかったら、アホですよ（笑）。みんな、それを考える暇がないぐらい、生活に追われているんです。あるとき、ふっと深夜目覚めて、じっと考えてごらんなさい。男でも女でも、いまが最高なんて思う人は、むなしさがわからないのです。

082

心の不自由というものはね、
何かにとらわれているときに
不自由なのね。

寂庵での法話で、出家したことで得られた解放感について語って。
——1993年1月

私は出家してからね、自分を不自由だと感じたことがないんですよ。こういうものを着なきゃならないし、皆さんのように髪型を日によって変えるなんてことできませんし、いつも坊主頭ですしね（笑）。そういうちょっとした決まりはいろいろありますよね。けれども、ちっとも私自身は不自由じゃないんですよ。したいことを今だってしていますけれどね。

心の不自由というものはね、何かにとらわれているときに不自由なのね。たとえば、お金が欲しいとかね、あの着物を買いたいとか、ダイヤモンドが欲しいとかね、そういうことを思うときね。それが実際に叶えられればいいけど、叶いませんよね。そしたら、その時に非常に不自由よね。心が自由じゃないってこと。けれど、とらわれるものがなくなるとね、つまり、偉くなりたいとか、お金が欲しいとか、そういうことが全部なくなるとね、人間、とても自由なんですよ。

083

我々は死ぬまで
馬鹿ばっかりしているんですよ。
それが人間なんですね。
死ぬまで馬鹿をしながら、
でもそのことについて
「すみません」という心を持たないと、
人間じゃないのね。

寂庵での法話で、平安時代中期の天台宗の僧・恵心僧都（源信）の教えについて語って。

――1992年3月

「我々は死ぬまで凡夫なり」というのはね、恵心僧都（えしんそうず）という立派なお坊さんが仰っているのね。凡夫というのはお馬鹿ちゃんということですね。我々は死ぬまで馬鹿ばっかりしているんですよ。それが人間なんですね。死ぬまで馬鹿をしながら、でもそのことについて「すみません」という心を持たないと、人間じゃないのね。

動物は平気ですよね。猫なんかもう、魚を盗るなと言ったって盗って、パーッと逃げて、謝ったりしないでしょ。猫がお辞儀したの、見たことないわ（笑）。人間はね、政治家なんかでも「お恥ずかしい、今度はいたしません」なんてよく言いますけど。でも、本当に恥ずかしいと思っているなら、政治家を辞めたらいいんですけどね。

084

失敗しても、やり直せばいい。
何かをやって失敗した後悔より
何もしなかった後悔の方が情けない。
でも、失敗しても他人のせいにしない。

全国の中学生に「道徳」の先生として伝えたいこと、
というテーマで語って。
――2020年10月

失敗しても、やり直せばいい。私はやりたいことを存分にやってきました。何かをやって失敗した後悔より何もしなかった後悔の方が情けない。でも、失敗しても他人のせいにしない。全部自分が責任を持って、やり直すこと。

「若き日にバラを摘め」というイギリスの詩人の言葉をあなたたちに贈ります。バラはトゲがあるから、それを摘むと指が傷つく。でも、若い時の傷はなめればすぐ治る。心の傷も必ず治る。怖がらずに行動しましょう。

小説『京まんだら』の舞台公演初日に、祇園の女性たちと名古屋・名鉄ホールを訪れた（1974年）©朝日新聞社

第七章

死について

085

生きている間に会いたい人に会って、
あとは死ぬのは仕方ないことだと、
覚悟できるかどうか。

手術をして療養、回復後に、雑誌のインタビューで
「死への思い」について語って。――2018年8月

娘が嫁いだ先のお姑さんと、娘抜きで仲良くしていたんですね。その方ががんで相当悪くなり、「会いたい」と言ってきた。（中略）私が枕元でじっと顔を見ていると、彼女が目を開けました。それで「こんなにみんなに見守られて、あなたは幸せね」と語りかけたんです。そうしたら、死にかけている人がパッと目を見開いて「だから死にたくないのよ」と叫びました。「どうして私一人が逝かなきゃならないの。このままみんなと一緒にいたい」と。私が黙って手を握っていると、彼女は言いたいだけ言って気が済んだのか、おとなしくなりました。そのとき思いましたね。「死が怖い」というのは、自分の命が惜しいとかそんなことじゃない。この懐かしい環境から一人だけ抜けるのが心細いんだと。

けれど、それも考え方ひとつなんです。生きている間に会いたい人に会って、あとは死ぬのは仕方がないことだと、覚悟できるかどうか。そんなふうに思い切るのは無理、と思うかもしれませんが、いざ死んだら、怖さも懐かしさも無になると私は思います。

086

死んだら、会いたいとか懐かしいとかいう感じはなくなるんじゃないかしら。そう思うと死ぬのは怖くないし、私は何だかケロッとしていますね。

手術をして療養、回復後に、雑誌のインタビューで「死への思い」について語って。——2018年8月

戦時中、私は夫がいる中国へ渡り、終戦を北京で迎えました。そして故郷の徳島に引き揚げると、駅で知人と会い、「お母さん、防空壕で亡くなったのよ」と言われたんです。そこで初めて母の死を知りました。

徳島大空襲の日、母は祖父と一緒に小さな防空壕に避難し、助けに行った父に「私はもういい」と言って、死を選びました。見事な自殺ですよ。あんなに私のことを好きだった母が、そのとき何も知らせてこなかった。夢にも出てこなかった。だから死んだら、会いたいとか懐かしいとかいう感じはなくなるんじゃないかしら。そう思うと死ぬのは怖くないし、私は何だかケロッとしていますね。

087

私、法話では三途の川を
こんな笑い話にしているんです。
「今はね、高齢者人口が増えて、
渡し船じゃ入りきらないから
フェリーよ」って。

雑誌のインタビューで「死後の世界」について語って。
――2018年1月

法話をしていますと、たびたび「死んだらどうなりますか？」という質問をされます。一番気になることなのかもしれません。でも、私はいつも「まだ死んだことがないから、わからない」と、答えています。お釈迦様は、死後の世界について、何もおっしゃらなかったからです。大切なのは、今この世で悩み苦しんでいる人を救うことだからと。死後のことを答えてもしょうがないと思われていたようです。（中略）

三途の川があるって、よく言われるでしょう？　あれだって、あるのかどうかもわからないんです。川のこっちはこの世、あっちはあの世。あの世には、いいことがあるのよ、なんて言ったりしますけど、わからないです。だから私、法話では三途の川をこんな笑い話にしているんです。「今はね、高齢者人口が増えて、渡し船じゃ入りきらないからフェリーよ」って。向こう岸には、前に死んだ人が並んでいて、「あら、遅かったわねー」なんて言ってくれて、その夜は歓迎パーティーを開いてくれる（笑）。

088

あなたと会っても、
さようならって帰ったら、
私はあなたの後ろ姿を
ずうっと見てるんですよ。

短篇集『わかれ』の刊行後、雑誌のインタビューに答えて。
――2016年1月

結局、生まれたら死ぬんだから、死ぬために生まれてきて、別れるために会うんですね。だからやっぱり会うことは死ぬことだから、この頃、人とさようならって言うときに、もしかしたらこれで会えないのかなと思うの。あなたと会っても、さようならって帰ったら、私はあなたの後ろ姿をずうっと見てるんですよ。

089

物なんてなくしたら入ってくる。
お金も使ったら入ってくるんですよ。
しがみついていたらね、服だって
流行遅れになるじゃありませんか。

寂庵での法話で、人の死や病気について語って。
――1992年6月

我々は死ぬために生きてきているんですから。いつか死にます。もうそれは覚悟しておいてね。死ぬ前にあの人に貸していた物を取り返そうなんて思わないで、もう死ぬんだからあれもあげよう、これもあげようって、みんなにあげなさい。そうするとね、また命が延びるんですよ。

私はね、出家するときに「出家というのは生きながら死ぬんだから」ってね、みんなに何もかもあげちゃったんですよ。それから20年も生きているんですよね。そうすると知らない間に物が増えちゃっているんですよ。

そういうふうにね、物なんてなくしたら入ってくる。お金も使ったら入ってくるんですよ。しがみついていたらね、服だって流行遅れになるじゃありませんか。

090

定命は私たちが生まれたときに
すでにあるんですよ。
だからね、それには逆らえない。

寂庵での法話で、「定命」について語って。
——1997年3月

あなたたちの親しい、愛する人たちが亡くなったでしょう。うちの主人はあんなにいい人だったのに、うちの息子はあんなにいい子だったのに、どうしてあんな死に方をしたんだろうと思ってらっしゃると思うの。しかし、それは定められた運命。「定命（じょうみょう）」といいますね。定まった命。寿命ともいいますけどね。定命は私たちが生まれたときにすでにあるんですよ。だからね、それには逆らえない。いくら薬を飲んでも、若返りの注射をしてもね、一時的な現象で、定命には逆らえないの。だから、亡くなった人は定命だったと思いなさい。これは初めから定命だったんだと。定命を全うして死んだと思いなさい。

それから、なんであんな苦しい思いをするのって、あなたたちは思いますけどね、それはね、その人が悪いことをしたからバチが当たったとかね、そんなことはないのよ。そうではなくって、人間はこういうふうに死ぬんだということを示してるんだというふうに思いなさい。そうしたら納得がいくでしょう。

091

世間では「孤独死はかわいそう」という風潮がありますが、私はおかしいと思う。

孤独死をよしとしない、世間の風潮について語って。
――2015年4月

世間では「孤独死はかわいそう」という風潮がありますが、私はおかしいと思う。死んだ本人に聞いてみないことには、本当にかわいそうかどうかは分からない。

一人で死ぬというのは、実はとてもさっぱりすることなのかもしれない。一人の生活が慣れている人にとっては、その生活の中で死ぬんですから、それでいいじゃないですか。私は孤独死したいですよ。ペンを握ったまま、原稿用紙が載った机の上に突っ伏して死んでいるところを発見されるんです。

092

私の見た死人の顔は
誰も生きている時より穏やかで美しい、
やさしい顔をしていた。

雑誌の連載で、死についての思いを綴って。
――2016年2月

　この頃、何をしても、これがいつまで続くのかと思う癖がついてしまった。そんな時、一切暗い気分ではない。前年長く患ったせいか、今、奇蹟的に回復して、ペンを持てるようになったことが有難く、心の中はすっきりして、いつも浮き浮きしている。胆のう癌の手術をして、生まれて初めて全身麻酔の注射をしたが、あの気持ちのよかったこと！　何ともいえない甘い愉しい感じで、その気持ちよさは病みつきになりそうなほどだった。あれが命の尽きる時の感じではないかと思うと、死ぬのは全く怖くない。そういえば、私の見た死人の顔は誰も生きている時より穏やかで美しい、やさしい顔をしていた。

093

いつ死ぬかわからないから、
人に優しくしておきなさい。
恨みながら死んだら
妙な顔になって焼けてしまいますよ。

寂庵での説法で、「仏教の心」について解説するなかで語って。
――1989年3月

昨日のことは昨日のことで、もう済んだこと。去年のことはもっと過去のこと。「去年はもっとああしておけばよかった」と思ったってしょうがないのよね。二十年前の見合いで「こっちじゃなくてあっちにしておけば」と思ったってしょうがない、もう選んじゃったんだから。諦めることね。来世に生まれてきたらもっといいのにしよう、と思えばいいの。

明日のことも、考えたってしょうがない。もう私は明日死ぬのかしら、なんてことは思わない。今晩死ぬかもしれませんよ。だけど思ったってしょうがない。死ぬときは死ぬんだから、もうこだわらないのね。だからって「いつ死ぬかわからないから、できるだけ食べておこう」なんて言わないでね。そうすると太りますから。

いつ死ぬかわからないから、人に優しくしておきなさい。いつ死ぬかわからないから、誰かを恨んでいたらもうやめておきなさい。恨みながら死んだら妙な顔になって焼けてしまいますよ。

094

最後の最後まで意識がはっきりしてて、
〝みんな、本当にお世話になったね。
さようなら〟って言って、パタッと
〝その時〟を迎えたいと願っています。

雑誌のインタビューで「人生の終わりの迎え方」について語って。
――2018年4月

私の昔からの知り合いに、奥さんに先立たれてから、少しずつ弱ってしまった人がいました。気位が高くて、とても洒落た人だったのですが、それこそ下の世話まで誰かにやってもらわないといけなくなってしまって。

その後その人が亡くなったとき、ちょっとホッとした自分がいたんです。〝これで、やっとあの人のプライドが守られる〟って。特に女性は、最後まで美意識を保っていたいと思うでしょう？

だから私は、最後の最後まで意識がはっきりしてて、〝みんな、本当にお世話になったね。さようなら〟って言って、パタッと〝その時〟を迎えたいと願っています。

095

コロナでも戦さでも
今更何も怖くはない。
人間は、生かされるのも殺されるのも、
自分の力ではないようだ。

数えで99歳になり迎えた「コロナ禍の夏」に、胸の内を綴って。

――2020年8月

泳げない人間が海に落ちて、必死に手足を海中で振り廻しているような一生であったと思う。といって、では自分の生きてきたのとは違う道があったのかと思いめぐらすと、そんなものはどこにもない。

ああしか、生きられなかったのだと、自分の過去を廻想する時、犯してきた人道の間違いも罪の罰も、すべて老いの一身に受けとめて、いさぎよくあの世の地獄へ堕ちようと思い定めてきた。

これが死の覚悟というものであろう。コロナでも戦さでも今更何も怖くはない。人間は、生かされるのも殺されるのも、自分の力ではないようだ。五十一歳で出家したことだけが、自分が選んだ道の正格さであったのか。

096

魂はあるのかしら。
死ねばあの世へ行くのかしら。
あの世というのは果たして
あるのかしら。私だって知らない。
それならばあると思ったほうが、
気が楽じゃないですか。

寂庵での法話で、「観音経」について解説するなかで語って。
——1988年1月

岡本かの子という人は「四十になったら根に還る」と言いました。根というのはルーツね。これはどういうことかというと、自分が今まで生きたことをずーっと振り返りなさいということ。自分はいったい何者だろう、どこから来てどこへ行くんだろう。魂はあるのかしら。死ねばあの世へ行くのかしら。あの世というのは果たしてあるのかしら。私だって知らない。それならばあると思ったほうが、気が楽じゃないですか。それで私はあると信じているんですよね。それである日突然、自分の生き方はこれでいいのかなあと思ったときに、自分の人生に疑問を感じて根に還る、つまり振り出しに戻るの。素直な子どもの頃に戻って、そして一生懸命に考えてみるの。本当に結婚生活に満足しているかとか、あるいは亭主に良くしてきたかとか、あるいは亭主に良くされなかったとかね。

そういうことをじーっと考えて「けしからん」と思えば、今からでも遅くない、改めなさいと私は言います。あなたたちには仏さんがついていて、悪いようにはなさりませんから、もう嫌な亭主とは今から別れてもいいですよ。

60日間におよぶ修行を終え、苦楽を共にした修行僧たちと握手を交わした（1974年）©朝日新聞社

第八章

祈りについて

097

生きていてありがたい、生きていて面白い、生きていて何か生き生き生きする。そういう生きがいに満ちた状態でないと、芸術なんてものはできないんじゃないかって思ったんです。

寂庵での法話で、自身が51歳で出家した理由について語って。
——1989年11月

51歳の時にね、小説をたくさん書いていて、流行作家で割合と売れていて、何の不自由もしていなかったの。でもその時、もう50年も生きたから、私はこいらでもっと違った生き方をしなきゃいけないいんじゃないかって思ったんですね。このまんまじゃ、小説も同じようなものしか書けない。それじゃ皆さんに申し訳ない。やっぱりね、生きていてありがたい、生きていて面白い、生きていて何か生き生きする。そういう生きがいに満ちた状態でないと、芸術なんてものはできないいんじゃないかって思ったんです。

098

買い物に行って、
シャネルを買うつもりが、
ちょっと具合がわるくて、
森英恵にした
というような感じなんです。

カソリックの洗礼を受けるのではなく、仏の道を選んだ理由について語って。
――1990年9月

ずいぶんむちゃくちゃな話なんですけれども、私は、もうなにも仏教を知らないで出家したんですよ。日本人の普通の人が考える程度の、ぼんやりした仏様という観念しかもってなかった。むしろ、キリスト教のほうが、知識としてはしっかりしてたんです。

だから、遠藤周作さんに相談して、カソリックの洗礼を受けようとしたぐらいなんですね。でも、どうもしっくりいかなくて、やっぱり自分には、キリスト教より仏教が向いてるのかなと思って、仏教にしたわけなんです。

ただ、それだけの話でしてね。買い物に行って、シャネルを買うつもりが、ちょっと具合がわるくて、森英恵(はなえ)にしたというような感じなんです。

099

人間以上の存在があって、
我々は生かされているんだ、
書かされているんだ、
作らされているんだと思って、
「おまかせ」したほうがずっと楽ですね。

寂庵での法話で、信仰する対象に「自分をまかせる」
という考え方について解説して。

――1994年4月

信は任すなり、という言葉があります。自分を「おまかせ」してしまうのね。神なり仏なり、自分の信仰するものに。信仰の対象はなんでもいいのよ、キリストでもマホメットでも仏様でも。人間の能力っていうのは知れているんです。この世で天才といわれているような人だって、たかが知れているんです。だから、人間以上の存在があって、我々は生かされているんだ、書かされているんだ、作らされているんだと思って、「おまかせ」したほうがずっと楽ですね。

今、私は新聞小説を書いていて、明後日の分を今日このあと書かないと間に合わないんだけれど、ちっとも心配してないの。「おまかせ」して何かが憑いたらサーッと書けるの。締め切りのことなんて心配していたら、こんなところで喋っていられるわけないもの（笑）。

100

お寺は本来、
にぎやかで楽しいところでなければ
いけないいんですね。

徳島講演会で、本来の「お寺のあり方」について語って。
――1986年5月

お寺は本来、にぎやかで楽しいところでなければいけないんですね。昔は映画館もなければ、芝居小屋もない。庶民はいったい何で楽しんだか。お寺へ行って、一日座って、あるいは嫁さんと喧嘩したら、姑はお坊さんに嫁の悪口を言って、嫁さんは姑の悪口を言って、そこで発散する。そういう場所だったんです。そして、お寺で何か行事があると、一日行って台所で手伝って、一緒にものを食べて遊んで。そういう楽しむ場所だったんです。自分の家は狭いけど、お寺へ行けば庭が広い。牡丹も咲いている、梅も咲いている。お寺へ行って、精神をほっこりさせる。そういう場所であるべきだったんですね。

けれども、だんだんとお寺がそうではなくなった。入口で金とって、ロウソクあげたら金とって、拝んであげたら金とってというふうで、お金をとる場所になってきた。そして、葬式と法事しかしなくなった。というので、だんだんとみんながお寺に行かなくなった。暗くて陰気で気持ち悪いというふうで、若い人はなおさら行かなくなった。

101

大きな金ぴかの仏壇を置いてどうするんですか。仏壇屋の娘がこう言うんだから信じなさい。入れ物じゃないんです。要は精神なの。

寂庵での法話で、営利主義の新興宗教を批判し語って。
——1988年1月

月給の3倍の仏壇を買ってどうするんですか。今の家は小さいでしょう。アパート住まいの人が、そんな仏壇に良い席を取られてどうしますか。仏壇は東向きじゃなきゃいけないとか、一番良いところに置かなきゃいけないとか。それじゃあ人間はどこにいるんですか。仏壇に良いところを取られて、人間は日陰で縮こまっていなきゃいけないって、そんなのは間違っているんです。仏壇に入っている人は、そんなことは言わないんです。自分の子孫が日の当たるところでごはんを食べて、暖かいところで寝て、自分は日陰の寒いところにいたって、そんなのは怒らないですよ。

それを大きな金ぴかの仏壇を置いてどうするんですか。私の生まれた里は仏壇屋ですけど、仏壇屋の娘がこう言うんだから信じなさい。入れ物じゃないんです。要は精神なの。金ぴかの仏壇でほこりを被って花も枯れている、それよりはカステラの箱でもいいからきれいに紙でも貼って、そこにお位牌を入れて、いつもきれいにそこにお花が飾ってあって、お水があって、お香が焚かれていたら、そのほうがよっぽどご先祖の魂は喜ぶんですよ。

102

喋るのが好きでやっていると
思わないで。
これは「行」でございます。

寂庵での法話で、「観音経」の解説をするなかで「行」
について語って。

――1988年1月

仏教というのはただ観念的に頭で考えるだけではないんです。行動すること、「行」をすることなんですね。行とは何か。その仏教の精神を身体で味わうことなのね。

実は今日は締め切りで、もう酷い日なんですよ。それで夕べは日帰りで帰ってきて、今朝早く起きて、ちょっとひと仕事したわけですよね。みんなに話をしなければならないからその原稿も作ってみて、大変だった。

じゃあなんでそんな日に、タダでみなさんに集まってもらって説法をするのか。私が今日この説法をしないで原稿を書いていたら、編集者は喜ぶし私も楽なんです。だけどそれはやっぱり、身体で行をしているわけなんです。したくないけれども、これは私が頭を剃ったからしているんですね。出家した者は行をしなきゃいけないから、しているんですよ。間違わないでね。喋るのが好きでやっていると思わないで。これは行でございます。

103

私たちがしゃあしゃあと
生きていられるのは、
許してくれているものがあるから。
そのことに感謝したら、
人に対して「許せない」なんて
厳しいことは言えなくなります。

「多くの相談に乗られているが、ご自身の悩みはどう解消されている?」という読者からの質問に答えて。
――2013年7月

90にもなって人に相談しなきゃならない悩みがあったら、恥ずかしいじゃない(笑)。だけどやっぱり生きている限り、あれをどうしようこうしようという迷いはありますよ。

確かに私のところにはたくさん相談が寄せられますね。長い手紙もよくきますよ。返事は書きませんが、来た手紙は必ず読みます。

相談にしろ手紙にしろ、そこで気づくのは「(他人が)許せない」という気持ちに苦しんでいる人が多いということ。でも人間を許すことができるのは仏様や神様だけですよ。だから、そのへんは仏様や神様に任せておけばいい。

そもそも許す前に、自分が許されて生きていることを感じるべきです。私たち自身が許されて、今を生きているわけですから。嘘をついたり意地悪をしたり人を傷つけたり、動物を殺して食べたりしている私たちがしゃあしゃあと生きていられるのは、許してくれているものがあるから。そのことに感謝したら、人に対して「許せない」なんて厳しいことは言えなくなります。

104

もし私に救われる可能性があるとしたら、私が煩悩のとても強い、どうしようもない人間だからだと思いますね。

谷崎潤一郎賞を受け、その授賞式で「30年間、何も賞をもらえなかったのは屈辱だった」と挨拶した自身と仏教について語って。

――1992年11月

矛盾しているようだけど、もし私に救われる可能性があるとしたら、私が煩悩のとても強い、どうしようもない人間だからだと思いますね。そう思えばこそ、仏を求め聖なるものにあこがれる。これは、と思うわが国の宗祖を見ますとね、親鸞をはじめ、皆さん煩悩の鬼です。

105

人間が幸福になるとは
結局のところ、自由になって
心にこだわりを持たなくなって、
何ものも畏れなくなることなのね。

寂庵での法話で、「般若心経」の解説をするなかで「施無畏」について語って。
――1987年2月

私の先生の今東光(こんとうこう)さんは「施無畏(せむい)」という言葉がとても好きでした。畏れを無くする、畏れを無くさせてあげますということで、これは観音様のことなのね。観音様は私たちに無畏を施してくださる。つまり、私たちの畏れを無くしてくれるのね。

人間が幸福になるとは結局のところ、自由になって心にこだわりを持たなくなって、何ものも畏れなくなることなのね。仏教というのは人間の幸福、自由自在な心を得ることを勧め、それを求めるものなのです。お葬式をしたり、法事をしたりするだけじゃないの。

106

人間のなかで最高の人のように
いわれているお釈迦様が、
我々と同じように年を取るのね。
もう疲れたってため息をつく。
それで「背中が痛い」って、
とっても人間らしいでしょ。

寂庵での法話で、釈迦の入滅に関するエピソードを語って。
――1989年5月

お釈迦様が年を取ったとき、侍者のアーナンダ（阿難）に「自分は壊れた車を革ひもでなんとかつなぎとめて、無理に動かしているようなものだ」と言ったんですね。「もう疲れ果ててしまった」と言って、そして「背中が痛い」と言ったというのね。それで阿難が背中を撫でたっていうんだけど、私はこの話がとても好きなんです。

人間のなかで最高の人のようにいわれているお釈迦様が、我々と同じように年を取るのね。ヨボヨボになるの。足が痛い、ひざが痛い、腰が曲がる、シワができる……となるわけ。人生を長く歩いてきて、もう疲れたってため息をつく。それで「背中が痛い」って、とっても人間らしいでしょ。

お釈迦様は特別な人じゃないんですよ。私たちと同じような人なのね。私、だから仏教が好きになったんです。

107

人間は孤独だと思います。
唯一、私に思想があるとしたら、
それだけですよ。

政治学者・姜尚中(カンサンジュン)さんとの対談のなかで、孤独について語って。
――2013年7月

人間は孤独だと思います。唯一、私に思想があるとしたら、それだけですよ。それもね、出家してから一遍上人（いっぺんしょうにん）に、教えてもらったんです。「生ぜしもひとりなり。死するも独りなり。されば人と共に住するも独りなり。そひはつべき人なき故なり」と。「私が考えていることと同じだ」と思ってね。生まれたときもひとり、死ぬときもひとり、そして人とともに住すれどもひとりとあります。家庭をつくって家族に囲まれていても結局はひとり。死ぬときまで一緒で、心がひとつという人はいない。

『女性自身』（光文社）2013年7月23・30日合併号「『悲しみを抱きながら生きる』ということ 瀬戸内寂聴さん×姜尚中さん」

108

私たちは死ねば、焼かれます。
灰と骨になるだけですよね。でも、
人間の心っていうのはどこにあるか、
みんなもわからないでしょう？
心は焼くことができないんです。
そして、その魂が残るのね。

長年の親交があった永六輔さんと共に、法話に訪れた人の悩み相談に答えるなかで語って。
――２０１３年７月

『女性自身』（光文社）２０１３年７月16日号「寂聴『青空説法』ＳＰＥＣＩＡＬ」

生い茂る草花や
木々で鬱蒼とした
寂庵の庭
©大島拓也

〈瀬戸内寂聴 99年の歩み〉

西暦(年号)	年齢	出来事
1922(大正11)年	0歳	・5月15日、徳島県徳島市塀裏町(現在の幸町)で、神仏具店を営む父・三谷豊吉と母・コハルの間に次女として生まれる(旧名・晴美)。二人姉妹
1929(昭和4)年	7歳	・徳島市立新町尋常小学校に入学。本好きで綴り方が得意だったこともあり、小学3年のときに小説家になることを決意する ・父が親類の瀬戸内いとと養子縁組を行い、瀬戸内家を継ぐ
1935(昭和10)年	13歳	・徳島県立徳島高等女学校に入学。陸上競技(走り高跳びや槍投など)の選手になる。入学直後、与謝野晶子訳の『源氏物語』(金尾文淵堂)に出合う
1940(昭和15)年	18歳	・東京女子大学国語専攻部に入学
1942(昭和17)年	20歳	・見合いをする。その後、婚約
1943(昭和18)年	21歳	・2月に徳島で結婚 ・9月に戦時中のため大学を繰り上げで卒業 ・10月に夫が赴任している北京へ渡る
1944(昭和19)年	22歳	・長女が誕生
1946(昭和21)年	24歳	・親子三人で徳島に引き揚げる
1947(昭和22)年	25歳	・一家で上京する

1948(昭和23)年　26歳
・年下の男性と恋に落ち、夫と一人娘を残して京都へ出奔
・大翠書院などに勤務

1950(昭和25)年　28歳
・協議離婚
・三谷晴美のペンネームで投稿した少女小説が雑誌『少女世界』(富国出版社)に掲載される

1951(昭和26)年　29歳
・上京して、少女小説や童話で生計を立てる
・丹羽文雄主宰の同人誌『文学者』の同人となる

1957(昭和32)年　35歳
・『女子大生・曲愛玲』で第3回新潮社同人雑誌賞を受賞
・文芸誌『新潮』(新潮社)で『花芯』を発表。批評家たちから酷評を受け、他誌で反論する。その後5年間、文芸誌からの執筆依頼が来なくなる

1959(昭和34)年　37歳
・同人誌『無名誌』で『田村俊子』の連載を開始
・『東京新聞』で初の長編小説『女の海』の連載を開始

1960(昭和35)年　38歳
・徳島ラジオ商殺し事件の取材をきっかけに、無実の罪に問われた冨士茂子の支援を始める。本人が亡くなった後、無罪判決が言い渡される1985年まで26年間支援を続けた

1961(昭和36)年　39歳
・『田村俊子』(文藝春秋新社)で第1回田村俊子賞を受賞
・日ソ婦人懇話会の訪ソ使節団に参加する

1962(昭和37)年　40歳
・女性誌『婦人画報』(婦人画報社)で『かの子撩乱』の連載を開始。漫画家・岡本一平の妻であり、芸術家・岡本太郎の母である小説家・岡本かの子をモデルとした評伝小説。連載当初から、岡本太郎が描く挿絵とともに話題となる
・『新潮』で、自身の体験を基に綴った小説『夏の終り』を発表
・週刊誌『週刊新潮』(新潮社)で『女徳』の連載を開始

1963(昭和38)年　41歳
・『夏の終り』(新潮社)で第2回女流文学賞を受賞

1965（昭和40）年　43歳

- 雑誌『文藝春秋』（文藝春秋）で『美は乱調にあり』の連載を開始。アナーキストの大杉栄と共に惨殺された、雑誌『青鞜』最後の編集者・伊藤野枝の伝記小説
- 文芸誌『文藝』（河出書房新社）で『鬼の栖』の連載を開始

1966（昭和41）年　44歳

- 文芸誌『別冊文藝春秋』（文藝春秋）で『死せる湖』を発表。新聞や雑誌での活動が活発になってくる
- 作家・井上光晴と講演旅行で高松へ。恋愛関係に発展するきっかけとなる

1967（昭和42）年　45歳

- 京都市中京区西ノ京原町に転居する。東京の仕事場と京都の自宅を往復する生活が始まる
- 『瀬戸内晴美傑作シリーズ』全5巻（講談社）を刊行
- 女性誌『主婦の友』（主婦の友社）で自伝小説『いずこより』の連載を開始

1968（昭和43）年　46歳

- 雑誌『思想の科学』（先駆社）で『遠い声』の連載を開始

1970（昭和45）年　48歳

- 『文藝』で『おだやかな部屋』の連載を開始

1971（昭和46）年　49歳

- 雑誌『婦人公論』（中央公論社）で『余白の春』の連載を開始
- 『日本経済新聞』で『京まんだら』の連載を開始
- 週刊誌『週刊朝日』（朝日新聞出版）で『中世炎上』の連載を開始

1972（昭和47）年　50歳

- 『瀬戸内晴美作品集』全8巻（筑摩書房）を刊行開始（完結：1973年5月）

1973（昭和48）年　51歳

- 日中文化交流協会の訪中団に参加する
- 『瀬戸内晴美長編選集』全13巻（講談社）を刊行開始（完結：1974年12月）
- 11月14日、作家でもある今東光（法名・今春聴）大僧正を師僧として、岩手県・平泉町の中尊寺にて得度（法名・寂聴）。「寂聴」の法名は「今春聴」に由来

1974（昭和49）年　52歳

- 東京の仕事場と京都の自宅を引き払う
- 比叡山横川行院にて四度加行を受ける。後日法話で「もう一度戻れるなら、横川の行院のあの2カ月の生活をしたいと思っています。それくらい厳しく辛かったけれど、とても印象に残った楽しい時間だったのです」と語った
- 京都市右京区嵯峨野鳥居本仏餉田町に「寂庵」を結ぶ

1975（昭和50）年　53歳
・『瀬戸内晴美随筆選集』全6巻（河出書房新社）を刊行

1977（昭和52）年　55歳
・初の国東半島巡礼、インド巡礼を行う

1979（昭和54）年　57歳
・国東半島・六郷満山の峯入り行に、1日参加する
・書下ろし長編『比叡』（新潮社）を刊行

1980（昭和55）年　58歳
・酒井雄哉大阿闍梨の「千日回峰行」の京都大廻りに、1日お供する
・シルクロードの旅へ

1981（昭和56）年　59歳
・徳島市に寂聴塾を開講（同年終了）。多忙のなか、足繁く徳島に通った
・『続瀬戸内晴美長編選集』全5巻（講談社）を刊行
・『新潮』で『ここ過ぎて 白秋と三人の妻』の連載を開始
・『文藝春秋』で『諧調は偽りなり』の連載を開始。この作品でも、大杉栄と伊藤野枝の軌跡を描いた

1982（昭和57）年　60歳
・徳島市に徳島塾を開講（1986年3月終了）
・『婦人公論』で『青鞜』の連載を開始
・インド・パキスタンへ取材旅行に行く。『インド夢幻』（朝日新聞社）を刊行

1983（昭和58）年　61歳
・文芸誌『すばる』（集英社）で『私小説』の連載を開始

1985（昭和60）年　63歳
・ふれあいの場として、寂庵に四十畳敷の修行道場「サガノ・サンガ（嵯峨野僧伽）」を作る
・「曼陀羅山寂庵」を寺として申請
・『瀬戸内寂聴紀行文集』全6巻（平凡社）を刊行

1986（昭和61）年　64歳
・四国八十八ヶ所巡礼へ
・酒井雄哉大阿闍梨の2回目の「千日回峰行」の京都大廻りに、2日間お供する
・世界五大仏教聖地の一つに数えられる中国山西省の五台山へ

1987（昭和62）年　65歳
・寂庵発行の新聞『寂庵だより』を創刊する。創刊以来、近況や自身の随筆、親交のあった美術家・横尾忠則、写真家・藤原新也、書家・榊莫山などの作品を掲載
・岩手県二戸郡（現・二戸市）浄法寺町の天台寺の住職となる。寺の復興に尽力し、「青空法話」も全国から聴衆を集めるほどの人気に
・再びシルクロードへ

1988（昭和63）年　66歳
・7度目のインドへ
・敦賀女子短期大学の学長に就任（1992年3月まで）
・比叡山不滅の法灯を天台寺に分灯する

1989（平成元）年　67歳
・雑誌『中央公論文芸特集』（中央公論社）で『花に問え』の連載を開始。一遍上人のおもかげを追いつつ、男女の愛執からの無限の自由を求める京都の老舗旅館の女将の心の旅を描いた
・『瀬戸内寂聴伝記小説集成』全5巻（文藝春秋）を刊行開始（完結：1990年3月）

1990（平成2）年　68歳
・『新潮』で『手毬』の連載を開始
・文芸誌『群像』（講談社）で『白道』の連載を開始。平安時代の歌人・西行を描いた作品
・秩父巡礼へ

1991（平成3）年　69歳
・湾岸戦争の犠牲者冥福と即時停戦を祈願して断食を行う。1週間ほどで倒れて入院し、その数日後に停戦した
・湾岸戦争の犠牲者救済カンパと支援物資を届けるため、イラク・バグダッドを訪問する
・雲仙・普賢岳噴火災害の被災地支援のため現地を訪問

1992（平成4）年　70歳
・『花に問え』（中央公論社）で第28回谷崎潤一郎賞を受賞
・『源氏物語』の現代語訳にとりかかり始める
・岩手県二戸郡（現・二戸市）浄法寺町の名誉町民となる

1993（平成5）年　71歳
・四国三十三観音霊場へ巡礼
・雑誌『中央公論』（中央公論社）で『草筏』の連載を開始

1994(平成6)年　72歳
・天台座主第253世山田恵諦大僧正の葬儀において弔辞を捧げる
・第11回京都府文化賞特別功労賞を受賞
・第20回徳島県文化賞を受賞

1995(平成7)年　73歳
・阪神・淡路大震災直後に被災地を訪問。道が通れない状態だったため、京都から歩いて向かった
・『白道』(講談社)を刊行

1996(平成8)年　74歳
・『白道』で第46回芸術選奨文部大臣賞を受賞
・『わたしの樋口一葉』(小学館)を刊行
・現代語訳『源氏物語』全10巻(講談社)を刊行開始(完結：1998年4月)

1997(平成9)年　75歳
・NHK教育テレビ『人間大学』に出演(「源氏物語の女性たち」全12回)
・『つれなかりせばなかなかに 妻をめぐる文豪と詩人の恋の葛藤』(中央公論社)を刊行。文豪・谷崎潤一郎と妻の千代、そして詩人・佐藤春夫の三角関係を描いた
・文化功労者として顕彰される
・『源氏物語』の現代語訳を終える

1999(平成11)年　77歳
・海外で『源氏物語』についての講演を行う(パリ、ハワイ、ロサンゼルス、ロンドンなど)
・コロンビア大学、シカゴ大学で登壇

2000(平成12)年　78歳
・釈迦のたどった道を訪ねるためインドに行く
・岩手県県勢功労者に選ばれる
・徳島市名誉市民に選ばれる
・NHK教育テレビ『人間講座』に出演(「釈迦と女とこの世の苦」全12回)
・『新潮』で『場所』の連載を開始
・新作能「夢浮橋」の台本を手がける(国立能楽堂で上演)。自身の短編小説『髪』がベースになっている

2001(平成13)年　79歳
・『瀬戸内寂聴全集』(新潮社)を刊行開始
・ニューヨークの同時多発テロと、アフガニスタンでの報復戦争の犠牲者冥福と即時停戦を祈願して断食を行う

・『場所』（新潮社）で第54回野間文芸賞受賞

2002（平成14）年　80歳
・新作歌舞伎「源氏物語　須磨・明石・京の巻」で第30回大谷竹次郎賞を受賞。市川新之助（現・市川海老蔵）が光の君を演じた
・『瀬戸内寂聴全集』全20巻完結
・『釈迦』（新潮社）を刊行

2003（平成15）年　81歳
・朝日新聞に、イラクへの武力攻撃反対の意見広告を出す
・「青少年のための寂聴文学教室」を徳島市に開く（2004年終了）

2004（平成16）年　82歳
・徳島県立文学書道館の館長に就任（同館3階に「瀬戸内寂聴記念室」有）
・寂庵での「法話の会」を再開する
・『藤壺』（講談社）を刊行
・京都・三十三間堂で、新潟県中越地震救援募金のための青空説法を開催。集まった資金を被災地に届ける

2005（平成17）年　83歳
・天台寺の住職を退任。法話は継続する

2006（平成18）年　84歳
・作家生活50年目を迎える
・国際的な活躍が目覚ましい文化人に贈られる、イタリアの「国際ノニーノ賞」を受賞
・初めてオペラの台本を手がけた書き下ろし作品「愛怨」が新国立劇場にて初演される。遣唐使として唐に渡った青年と、生き別れとなった美しいふたごの姉妹の愛と苦悩を描いた
・文化勲章を受章。受章に際して「生きることは愛すること。世の中をよくするとか、戦争をしないとか、その根底には愛がある。それを書くのが小説と思う」と語った

2007（平成19）年　85歳
・徳島県県民栄誉賞を受賞
・世阿弥の晩年を描いた小説『秘花』（新潮社）を刊行
・滋賀県大津市にある比叡山延暦寺の直轄寺院「禅光坊」の住職となる。延暦寺の直轄寺院初の女性住職
・京都市名誉市民に選ばれる。京都に庵を結び、創作活動・法話活動を行ってきたことや、『源氏物語』現代語訳を完成させた後も『源氏物語』を通じて、日本文化の奥深さ、素晴らしさを日本全国にまた海外に伝えた業績など

が称えられた
・加齢黄斑変症（右目）の手術を受ける。5月に違和感を覚え、7月に入院してレーザー手術を受けた結果、症状の進行は止められた

2008（平成20）年　86歳
・文化庁の「文化広報大使」第1号に任命される
・『源氏物語』の成立1000年を記念して行われた「源氏物語千年紀」の呼びかけ人として、全国各地で講演会などの活動を精力的に行う
・第3回「安吾賞」を受賞
・動画コンテンツ「寂聴 あなたと話しましょう」（ニフティ）の配信開始。インターネットで受け付けたロストジェネレーション世代（バブル崩壊後の就職氷河期などに直面した世代）の人生相談に対して答え、その様子を無料動画で配信（2011年11月終了）
・「ぱーぷる」名義で、ケータイ小説『あしたの虹』を執筆する。ペンネームは長年携わってきた『源氏物語』にちなんだもの
・責任編集雑誌『the寂聴』（角川学芸出版）の刊行を開始（第12号で完結）。第1号の特集は「萩原健一と歩く浄土」。川上弘美のエッセイや藤原新也との往復書簡も掲載

2009（平成21）年　87歳
・京都市中京区丸太町堺町の築約100年の木造2階建て町家を改修して、文化サロン「羅紗庵」を開く。亡くなった親友のチベット史研究者から譲り受けたことから、チベット仏教の聖地・ラサにちなんで「羅紗庵」と命名
・「曼陀羅山寂庵 サガノ・サンガ」の分院として、徳島県鳴門市大麻町に「曼陀羅山寂庵ナルト・サンガ」を開庵（2014年閉庵）
・『わたしの蜻蛉日記』（集英社）を刊行

2010（平成22）年　88歳
・腰部脊柱管狭窄症と診断され入院。その後、腰椎圧迫骨折も見つかり、半年間休養する

2011（平成23）年　89歳
・『風景』（角川学芸出版）で第39回泉鏡花文学賞を受賞
・東日本大震災の被災地、岩手県九戸郡野田村を訪問する。最初に野田小学校を訪れ、本と紙芝居を寄贈。小学生による朗読会と質問タイムが設けられた

2012（平成24）年　90歳

・『月の輪草子』（講談社）を刊行
・経済産業省前で行われた大飯原発再稼働反対のハンガーストライキに、支援のため参加する。主治医に内緒で京都から駆けつけ「90年生きてきて今ほど悪い日本はありません。このままの日本を若者に渡せない」と力強く訴えた
・「さようなら原発10万人集会」に、呼びかけ人の一人として車椅子で参加する。スピーチでは聴衆に「政治に対して言い分があれば口に出して言っていい。身体で表していいんです」と語りかけた

2013（平成25）年　91歳

・仙台の東北大学で震災関連の講演を行う
・長年勤めた寂庵のベテランスタッフ4人が、瀬尾まなほを残して一斉退職。2017年に出演したテレビ番組『ゴロウ・デラックス』（TBS）で、退職理由について「これ以上、働かせるのもつらい。（寂聴氏の負担を減らすために）私たちが辞めます」とスタッフから泣きながら告げられたことを明かした
・幕張メッセで開催された東日本大震災被災地支援イベント「FREEDOMMUNE」で法話ライブを行う。集まった大勢の若者に向かって「青春は恋と革命だ！」とメッセージを投げかけた
・『爛』（新潮社）を刊行

2014（平成26）年　92歳

・徳島県立文学書道館の名誉館長に就任
・脊椎圧迫骨折で入院。同時に胆のうがんが見つかり摘出手術を行う。手術について、雑誌『ハルメク』（ハルメク）2018年1月号のインタビューで「私は、がんと一緒にいるのはまっぴらでした。ですから『すぐ取ってください！』とお医者様にお願いしたんです」と語った
・『死に支度』（講談社）を刊行。毎日新聞の取材に対して「90歳を機に、どんな死を迎えるべきか考えようと書き始めた」「でもまだ、『死に支度』を最後の小説にはしたくない。私がそう言ったと、必ず記事に書いてね」と答えている

2015（平成27）年　93歳

・『わかれ』（新潮社）を刊行
・国会議事堂前で行われた安全保障関連法案に反対する集会に参加。体調が万全ではないなか、「どうせ死ぬならばこちらへ来て、みなさんに『このままでは日本はだめだよ、日本はどんどん怖いことになっているぞ』ということを申し上げて死にたいと思った」と思いを訴えた
・長崎県美術館で展覧会『戦後70年、被爆70年―瀬戸内寂聴展 これからを生きるあなたへ』開催。初日には美輪

明宏とのトークイベントも行った

２０１６（平成28）年　94歳
・『群像』（講談社）で『いのち』の連載を開始
・『求愛』（集英社）を刊行
・虐待、性被害、貧困などによって生き難さを抱える少女や女性の支援を目的とした「若草プロジェクト」の呼びかけ人となる。厚生労働省元事務次官で津田塾大客員教授の村木厚子と共に代表呼びかけ人として、相談業務や一時保護施設「若草ハウス」の運営、支援の方法を学ぶための研修会などに取り組む

２０１７（平成29）年　95歳
・天台寺で晋山30周年記念の特別法話を開催。「もうここには来られないと思うけど、私の魂は天台寺に留まります。一緒にお墓に入りませんか」などユーモアを交えながら40分間語りかけた
・初の句集『ひとり』（深夜叢書社）を自費出版で刊行。入退院を繰り返すなか、自分の余命を愉しくすることとして「句集」作りが浮かんだという
・少女小説集『青い花』（小学館）を刊行
・『生きてこそ』（新潮社）を刊行
・長編小説『いのち』（講談社）を刊行
・体力低下を理由に『寂庵だより』の発行を終了（２０１７年9月発行分が最終号）

２０１８（平成30）年　96歳
・２０１７年度朝日賞受賞
・『句集 ひとり』で第6回星野立子賞を受賞

２０１９（平成31／令和元）年　97歳
・「瀬戸内寂聴 京都特別講演会＆映画館生中継ライブ・ビューイング」開催。全国の映画館33館で配信された
・『寂聴 九十七歳の遺言』（朝日新聞出版）を刊行
・『句集 ひとり』で第11回桂信子賞を受賞

２０２０（令和2）年　98歳
・秘書・瀬尾まなほとの共著『寂聴先生、コロナ時代の「私たちの生き方」教えてください！』（光文社）を刊行。法話が再開できないなか、緊急法話として出版された

〈出典一覧〉

※数字はページ数ではなく、通し番号です
※掲載した文章の一部には、瀬戸内寂聴さんご自身が加筆・修正を行っております

第一章

1 『いきいき（現ハルメク）』（ハルメク）２０１３年９月号「瀬戸内寂聴さん おもしろさ、快感、怖さも含めて恋愛には非常に強い力がある。だから生きるエネルギーになるんです。」

2 『毎日が発見』（毎日が発見）２００７年６月号「瀬戸内寂聴さん 長編小説『秘花』と『毎日が発見』世代の生き方を語る どんな晩年を迎えるか、50代、60代は勝負どころです」

3 ２０１９年４月28日付『朝日新聞』大阪朝刊「平成に戦争がなくて、幸せでした 令和へ、寂聴さん語る【大阪】」

4 『婦人画報』（ハースト婦人画報社）２０１８年９月号「愛するということ」

5 寂庵での法話より（１９８７年２月～12月にかけて収録）

6 寂庵での法話より（１９８７年２月～12月にかけて収録）

7 『ＰＨＰスペシャル』（ＰＨＰ研究所）２０１３年７月号「スペシャル対談 愛について考える（比叡山延暦寺大僧正）小林隆彰（作家・僧侶）瀬戸内寂聴」

8 瀬戸内寂聴『ひとりでも生きられる　いのちを愛にかけようとするとき』（青春出版社）１９７３年３月15日発行

9 瀬戸内寂聴『ひとりでも生きられる　いのちを愛にかけようとするとき』（青春出版社）１９７３年３月15日発行

10 寂庵での法話より（１９９５年７月18日収録）

11 『メイプル』（集英社）２００６年11月号「スペシャルインタビュー 瀬戸内寂聴の『愛』の世界 明日も元気に生きてまいりましょう」

12 『グラツィア』（講談社）２００２年９月号「ロングインタビュー 瀬戸内寂聴『愛する力』の育て方」

13 寂庵での法話より（１９９５年７月18日収録）

14 寂庵での法話より（１９９５年７月18日収録）

15 『ＰＨＰスペシャル』（ＰＨＰ研究所）２０１３年７月号「スペシャル対談 愛について考える（比叡山延暦寺大僧正）小林隆彰（作家・僧侶）瀬戸内寂聴」

16 ２００８年２月１日付『東京新聞』夕刊「読み継がれる源氏物語の魅力 瀬戸内寂聴さんに聞く 恋に苦しんで高くなる『心の丈』」

第二章

17 『ＡＥＲＡ』（朝日新聞出版）２０１８年５月28日号「インタビュー まだまだ書きたい 本当の幸せのために」

18 ２０１２年１月13日付『朝日新聞』東京夕刊「（人生の贈りもの）作家・僧侶 瀬戸内寂聴：７ うんと泣いて笑って、奇跡訪れるはず」

19 『女性セブン』（小学館）２０１８年４月19日号「瀬戸内寂聴さん スペシャル放談 昭恵さん、あんな旦那は今すぐポイしちゃいなさい」

20 『オール讀物』（文藝春秋）２０１７年１月号「新春特別対談 情愛が人生を豊かにする 瀬戸内寂聴 有馬稲子」

21 寂庵での法話より（１９８８年１月～１９８９年２月にかけて収録）

22 『文藝春秋』（文藝春秋）２０１３年９月号「われ恋愛において後悔せず 作家・瀬戸内寂聴」

23 寂庵での法話より（１９８７年２月～12月にかけて収録）

24 寂庵での法話より（１９９５年７月18日収録）

25 ２００８年１月５日付『産経新聞』大阪朝刊「【新春に聞く】瀬戸内寂聴さんが語る『源氏物語』」

26 寂庵での法話より（1992年3月18日収録）

27 2020年10月20日付『毎日新聞』東京夕刊「14歳の君へ：わたしたちの授業道徳 絶対死んではいけない 今回の先生 作家・僧侶、瀬戸内寂聴さん」

28 『青春と読書』（集英社）2016年5月号「インタビュー 瀬戸内寂聴『求愛』ほんとに好きなことは書くことだけですから」

29 『週刊朝日』（朝日新聞出版）2019年7月5日号「師弟対談 瀬戸内寂聴vs.瀬尾まなほ」

第三章

30 『JJ』（光文社）2018年2月号「寂聴さん、『JJ世代の幸せ』ってどこにありますか？」

31 2020年10月20日付『毎日新聞』東京夕刊「14歳の君へ：わたしたちの授業道徳 絶対死んではいけない 今回の先生 作家・僧侶、瀬戸内寂聴さん」

32 『婦人公論』（中央公論新社）2009年2月7日号「［瀬戸内寂聴 文学史］愛した、書いた、祈った 第二十一回 ひとりでも生きられる」

33 『いきいき（現ハルメク）』（ハルメク）2013年9月号「瀬戸内寂聴さん おもしろさ、快感、怖さも含めて恋愛には非常に強い力がある。だから生きるエネルギーになるんです。」

34 『AERA』（朝日新聞出版）2014年3月31日号「瀬戸内寂聴さんに聞く 欲を捨てても豊かな人生とは言えない。でも過剰な欲は自分が選んだものではない」

35 『婦人公論』（中央公論新社）2014年5月7日号「瀬戸内寂聴 『命の保証はできない』と宣告されたとき、私は」

36 『図書』（岩波書店）2014年1月号「講演 これまでの一〇〇年、これからの一〇〇年 瀬戸内寂聴」

37 『婦人公論』（中央公論新社）2009年6月22日号「［瀬戸内寂聴 文学史］愛した、書いた、祈った 最終回 梵音に満たされて」

38 『群像』（講談社）2015年9月号「戦後70年特別対談 言葉の危機に抗って 高橋源一郎×瀬戸内寂聴」

39 『MORE』（集英社）2001年5月号「MORE ピープルスペシャル 瀬戸内寂聴さんがくれた元気」（取材・文／秦まゆな）

40 『日経EW』（日経ホーム出版社）2007年7月号「スペシャル・インタビュー 瀬戸内寂聴さん」

41 『JJ』（光文社）2018年2月号「寂聴さん、『JJ世代の幸せ』ってどこにありますか？」

42 『ミセス』（文化出版局）2019年1月号「新連載 第一回 次世代への手紙 瀬戸内寂聴」（取材・文／辻さゆり）

第四章

43 『いきいき（現ハルメク）』（ハルメク）2013年9月号「瀬戸内寂聴さん おもしろさ、快感、怖さも含めて恋愛には非常に強い力がある。だから生きるエネルギーになるんです。」

44 寂庵での法話より（1995年7月18日収録）

45 『ハルメク』（ハルメク）2017年12月号「心のモヤモヤが消える！ 人生相談スペシャル（作家・僧侶）瀬戸内寂聴さん（ノンフィクション作家）久田恵さん（心療内科医）海原純子さん」

46 寂庵での法話より（1989年3月〜8月にかけて収録）

47 2015年8月15日付『東京新聞』朝刊「瀬戸内寂聴さん 手のひらからの平和論（上）」

48 2013年8月28日付『産経新聞』大阪朝刊「【話の肖像画】作家・瀬戸内寂聴（91）（3）得度40年、一瞬の悔いもなし」

49 寂庵での法話より（1991年10月18日収録）

50 『ＪＪ』（光文社）２０１８年２月号「寂聴さん、『ＪＪ世代の幸せ』ってどこにありますか？」
51 『週刊朝日』（朝日新聞出版）２０１３年10月18日号「ホリエモンのシャバ日記スペシャル ガチンコ対談150分 瀬戸内寂聴 vs. 堀江貴文」
52 ２０１８年11月８日付『朝日新聞』東京朝刊「（寂聴 残された日々：41）法臘四十五 剃髪は命の誕生、涙は出なかった」
53 『図書』（岩波書店）２０１４年１月号「講演 これまでの一〇〇年、これからの一〇〇年 瀬戸内寂聴」
54 『週刊現代』（講談社）２０１５年４月25日号「特別インタビュー 瀬戸内寂聴『長生きすると分かる、いい人から先に逝くのは本当だって』」
55 寂庵での法話より（１９８９年３月～８月にかけて収録）

第五章

56 『婦人公論』（中央公論新社）２０１７年10月24日号「巻頭言 95歳で得た気づき――。もう十分生きたと思ったけれど 瀬戸内寂聴」
57 『ミセス』（文化出版局）２０１９年１月号「新連載 第一回 次世代への手紙 瀬戸内寂聴」（取材・文／辻さゆり）
58 寂庵での法話より（１９８８年１月～１９８９年２月にかけて収録）
59 １９９８年４月７日付『読売新聞』東京朝刊「［ひとり語り］瀬戸内寂聴さん 節目の五十歳・世紀末 熟考のため小休止の時」
60 『週刊現代』（講談社）２０１８年１月６・13日合併号「スペシャル・インタビュー 瀬戸内寂聴『人間、結局はひとり。それに気づけば、笑って死ねます』」
61 『婦人公論』（中央公論新社）２０１４年５月７日号「瀬戸内寂聴『命の保証はできない』と宣告されたとき、私は」
62 『ゆうゆう』（主婦の友社）２００７年９月号「瀬戸内寂聴さん講演抄録」
63 寂庵での法話より（１９８９年３月～８月にかけて収録）
64 寂庵での法話より（１９９４年４月18日収録）
65 『女性セブン』（小学館）２０１８年４月19日号「瀬戸内寂聴さん スペシャル放談 昭恵さん、あんな旦那は今すぐポイしちゃいなさい」
66 寂庵での法話より（１９９３年１月18日収録）
67 『波』（新潮社）２０１４年１月号「『爛』刊行記念特集 インタビュー 九十一歳で描く女たちの生と性 瀬戸内寂聴」

第六章

68 寂庵での法話より（１９８７年２月～12月にかけて収録）
69 『ＡＥＲＡ』（朝日新聞出版）２０１４年３月31日号「瀬戸内寂聴さんに聞く 欲を捨てても豊かな人生とは言えない。でも過剰な欲は自分が選んだものではない」
70 『ゆうゆう』（主婦の友社）２００９年３月「いつまでも『老けない人』の生き方作法 瀬戸内寂聴さん（作家）」
71 『ＰＨＰスペシャル』（ＰＨＰ研究所）２０１３年７月号「スペシャル対談 愛について考える（比叡山延暦寺大僧正）小林隆彰（作家・僧侶）瀬戸内寂聴」
72 寂庵での法話より（１９９５年７月18日収録）
73 寂庵での法話より（１９８９年３月～８月にかけて収録）
74 寂庵での法話より（１９９３年１月18日収録）
75 『婦人公論』（中央公論新社）２０１７年10月24日号「巻頭言 95歳で得た気づき――。もう十分生きたと思ったけれど 瀬戸内寂聴」
76 １９９５年５月８日付『産経新聞』東京夕刊「【私と信仰】作家・瀬戸内寂聴さん（９）」
77 寂庵での法話より（１９８８年１月～１９８９年２月にかけて収録）
78 『文藝春秋』（文藝春秋）２０１６年２月号「がんから生還した九十三歳の境地 日本人よ、若者を信じなさい 作家・瀬戸内寂聴」

79 『女性自身』（光文社）2014年3月25日号「3・11特別対談120分！ 震災&原発禍 被災者に希望の未来を…私たちは闘います！ 瀬戸内寂聴 吉永小百合」

80 寂庵での法話より（1995年7月18日収録）

81 『NEXT』（講談社）1990年9月号「［連載］生きるということ 瀬戸内寂聴が語る『ひとりを慎む』」

82 寂庵での法話より（1993年1月18日収録）

83 寂庵での法話より（1992年3月18日収録）

84 2020年10月20日付『毎日新聞』東京夕刊「14歳の君へ：わたしたちの授業 道徳 絶対死んではいけない 今回の先生 作家・僧侶、瀬戸内寂聴さん」

第七章

85 『ハルメク』（ハルメク）2018年8月号「巻頭インタビュー 作家・僧侶 瀬戸内寂聴さん 私は96歳。『今』を生きているから死ぬことも怖くありません。」

86 『ハルメク』（ハルメク）2018年8月号「巻頭インタビュー 作家・僧侶 瀬戸内寂聴さん 私は96歳。『今』を生きているから死ぬことも怖くありません。」

87 『ハルメク』（ハルメク）2018年1月号「作家・僧侶 瀬戸内寂聴さん 95歳にして思うこと。自分らしく生きて、老いて、命を燃やしたい。」

88 『女性セブン』（小学館）2016年1月1日号「今を読み解く SEVEN'S LIBRARY 話題の著者に訊きました！ 瀬戸内寂聴さん」

89 寂庵での法話より（1992年6月18日収録）

90 寂庵での法話より（1997年3月16日収録）

91 『週刊現代』（講談社）2015年4月25日号「特別インタビュー 瀬戸内寂聴『長生きすると分かる、いい人から先に逝くのは本当だって』」

92 『婦人公論』（中央公論新社）2016年2月23日号「瀬戸内寂聴 わくわく日より（2）楽天老婆つれづれごと」

93 寂庵での法話より（1989年3月～8月にかけて収録）

94 『女性セブン』（小学館）2018年4月19日号「瀬戸内寂聴さん スペシャル放談 昭恵さん、あんな旦那は今すぐポイしちゃいなさい」

95 2020年8月13日付『朝日新聞』東京朝刊「（寂聴 残された日々：62）不自由な夏に 果てなき競争、戦争もコロナも」

96 寂庵での法話より（1988年1月～1989年2月にかけて収録）

第八章

97 寂庵での法話より（1989年11月18日収録）

98 『NEXT』（講談社）1990年9月号「［連載］生きるということ 瀬戸内寂聴が語る『ひとりを慎む』」

99 寂庵での法話より（1994年4月18日収録）

100 徳島講演会（1986年5月21日開催）

101 寂庵での法話より（1988年1月～1989年2月にかけて収録）

102 寂庵での法話より（1988年1月～1989年2月にかけて収録）

103 『PHPスペシャル』（PHP研究所）2013年7月号「スペシャル対談 愛について考える（比叡山延暦寺大僧正）小林隆彰（作家・僧侶）瀬戸内寂聴」

104 1992年11月30日付『読売新聞』東京夕刊「煩悩一途 瀬戸内寂聴さんに聞く 屈辱だったと言ったのは正直な気持ちです」

105 寂庵での法話より（1987年2月～12月にかけて収録）

106 寂庵での法話より（1989年5月18日収録）

107 『女性自身』（光文社）2013年7月23・30日合併号「『悲しみを抱きながら生きる』ということ 瀬戸内寂聴さん×姜尚中さん」

108 『女性自身』（光文社）2013年7月16日号「寂聴『青空説法』SPECIAL」

本書を制作するにあたり、瀬戸内寂聴さんの発言の転載・引用について快諾いただいた新聞社・出版社などの各社、貴重な写真を提供いただいた写真家ほか関係各位に、心より御礼を申し上げます。一部、どうしても初出記事の継承者と連絡がとれないものがありました。お気づきの方は、編集部までお申し出ください。

瀬戸内寂聴（せとうち・じゃくちょう）

1922年、徳島生まれ。東京女子大学卒。57年、『女子大生・曲愛玲（チュイアイリン）』で新潮社同人雑誌賞受賞。61年、『田村俊子』で田村俊子賞受賞。63年、『夏の終り』で女流文学賞受賞。73年、平泉中尊寺で得度（旧名、晴美）。その後、『花に問え』で谷崎潤一郎賞、『白道』で芸術選奨文部大臣賞、『場所』で野間文芸賞など次々に受賞。98年、現代語訳『源氏物語』完結。2006年、文化勲章受章。近著に掌（てのひら）小説集『求愛』、長篇小説『いのち』などがある。

愛に始まり、愛に終わる
瀬戸内寂聴108の言葉

2021年5月10日　第1刷発行
2021年12月16日　第2刷発行

著　者　瀬戸内寂聴
発行人　蓮見清一
発行所　株式会社宝島社
〒102-8388 東京都千代田区一番町25番地
電話（営業）03-3234-4621
　　（編集）03-3239-0646
https://tkj.jp
印刷・製本　中央精版印刷株式会社

Printed in Japan
ISBN 978-4-299-01469-6